부엌의 탄생

 015   **식탁 독립**

부엌의 탄생

김자혜

　　나의 끼니를 부모님을 비롯한 다른 식구의 손을
빌리거나 외식과 배달 음식에 의존하지 않는 것. 스스
로 장을 봐서, 차리고, 먹고, 치우는 것. 그것이 이 책
에서 정의하는 '식탁 독립'이라 할 수 있을 것입니다.
어찌 보면 어른이 되면서 밟게 되는 당연한 수순이라
고 할 수도 있지만 그렇게 되기까지의 과정이 생각만
큼 호락호락하지는 않죠.

　　패션지 에디터로 불철주야 취재하고 사람을 만
나고 글쓰는 삶을 살면서 전화 한 통, 아니 이제는 터
치 한 번으로 문 앞까지 도착하는 세계 각국의 요리들
을 입으로 밀어 넣어온 김자혜 작가는, 불현 듯 한적한
시골 마을로 내려가 살기로 결심합니다.

　　그때부터였지요. 그녀가 부엌에 '내던져진' 것
은. 가장 가까운 치킨집은 차로 25분 거리. 배달은 꿈
도 꿀 수 없는 곳. 동네 마트는 저녁 8시면 문을 닫고,
편의점이라고는 치킨집보다 더 멀리 위치한 어느 리
조트 1층에 있는 곳이 전부인, 깊고 깜깜하고 조용한
산골 마을. 도시에서만 살아온 저로서는 쉽사리 상상
되지 않는 풍경입니다.

그런 환경에 적응하며 느리지만 여유로운 식사를 하기까지, 난생처음 부엌에 주도적으로 선 사람이 되어 겪는 우당탕탕 우여곡절이 서툰 칼질로 도마를 두드려대는 소리만큼이나 경쾌하고 즐겁습니다. 무수히 실패하고 다시 시도하는 사이, '오늘 부엌에서 배운 것'들이 쌓여갑니다. 단지 주거의 지역이 변했을 뿐인데 삶의 태도가 변해가는 모습이 이 한 권의 책에 고스란히 담겨 있죠. 마치 영화 〈리틀 포레스트〉의 한 장면처럼 잔잔하게 흘러가는 하루하루가 보지 않아도 본 것처럼 선명합니다.

얼마 전, 작가는 4년간의 시골살이를 마치고 서울로 돌아와 다시 패션지 콘텐츠 디렉터가 되었습니다. 그렇지만 식탁과 부엌의 풍경은 그 전과는 분명 같지 않을 거예요. 내가 나의 끼니를 책임진다는 것. 이제 조금은 나를 위하는 음식이 무엇인지를 알고 그에 맞춘 소비를 할 수 있는 '식탁 독립'을 이루었으니까요. 이제 진짜, 부엌이 탄생된 것이죠. 식탁 독립 만세!

Editor 김지향

차례

(도시에서)

그렇게 밥 짓는 사람이 된다

허기는 공평하고, 누구나 끼니를 걱정한다. 하지만 끼니의 실체를 제대로 마주하는 건 특별한 계기를 통해서다. 유학이나 독립, 결혼, 출산, 가족과의 이별 같은 일들이 벌어졌을 때 한번쯤 그런 순간이 온다. "너는 공부나 열심히 해." "피곤하지? 얼른 씻어. 밥 차려줄게." 같은 말을 들으며 열심히 먹기만 해도 칭찬받던 우리는 하루아침에 버려진다. "여보, 오늘 저녁엔 뭐 해줄 거야?" 혹은 "응애응애." 같은 말들이, 혹은 집 안을 꽉 채운 침묵이 우리를 부엌으로 내던져버린다.

이제 스스로를 먹여야 한다는 걸 알게 된 순간. 그건 부엌이 전에 알던 그 부엌이 아님을 깨닫는 순간이며, 식사 한 끼 제 손으로 마련할 수 없는 자신의 쓸모없음을 깨닫는 순간이다. 그동안 끼니를 제공해준 사람의 노고를 실감하는 순간이기도 하다. 오랫동안 무음으로 처리되었던 고된 노동에 대하여 한꺼번에 소급해서 미안해지는 순간.

내가 부엌으로 내던져진 건 시골로 이사한 뒤의 일이었다. 35년 동안 도시에 머물다가 돌연 시골로 이사했고, 그곳에서의 생활에 적응하기 위한 첫 단계, 가장 높은 허들은 식사였다. 네네치킨이나 교촌치킨을 사려면 읍내까지 16km. 차로 25분을 달려야 한다. 배달은 꿈도 못 꾼다. 동네 마트는 겨울엔 저녁 8시, 여름엔 저녁 9시에 셔터를 내린다. 집에서 19km 거리의 리조트 1층에 편의점이 하나 있는데 자정이면 문을 닫는, 전혀 '콘비니언트' 하지 않은 '콘비니언스 스토어'다. 선택의 여지가 없으니 매 끼니 지어 먹었다.

시골로 이사하기 전에는 아이스 카페라테 한 잔으로 아침식사를 대신했고, 점심에는 회사 근처에서 몸에 해로운 음식을 허겁지겁 사 먹었고, 저녁은 주로 배달시켜 먹거나 밖에서 먹고 들어갔다. 아주 가끔 집밥을 먹는 날이면 남편 J가 만들었다. (특이하게 나는 J와 결혼한 뒤 부엌일에 완전히 흥미를 잃었는데, 문제는 J의 요리 실력이었다. 그 사연은 뒤에서 자세히 다루기로 하자.) 당시의 나를 비난할 생각은 없다. 도시에서의 내 시간과 시골에서의 내 시간은 그 효용가치가 다르기 때문에, 거기에 맞는 합리적이고 경제적인 선택을 했다고 생각한다. 우리 둘 다 밖에서 일하는 노동자였고, 수입이 적지 않았다는 점에서 자연스러운 선택이었다. 당시의 내게 요리란 자부심 외에는 별다른 보상이 없는 일, 안 할 수 있다면 평생 안 하고 싶은 일이었다.

도시에서 유급노동자로 살다가 시골로 내려와 집에 머무는 생활을 하면서 우리의 생활은 원시로 돌아갔고, 나는 자연스럽게 요리라는 세계에 접속하게 되었다. 하루 세끼는 왜 이리 자주 돌아오는가, 하루는 왜 세끼인가. 아니, 인간은 왜 이리 자주 먹어야 살 수 있는 걸까! 이 책은 자발적으로 고립되어 세 끼니를 지어 먹게 된 사람의 분투기다. 조리대 앞에 서서 느꼈던 솔직한 마음을 썼다. 무력감과 외로움, 피로와 분노, 그리고 사랑과 자부심이 뒤섞인 복잡한 마음. 밥을 짓는 일이란 깊이 침전된 기억들을 휘젓는 일이라는 걸 알았다.

이 책을 덮으며 나도 음식이라는 걸 한번 만들어볼까, 라는 생각을 품게 된 독자가 있다면 기쁠 것이다. 이쪽은 너무 많은 변수가 도사리는 세계. 매우 느린 속도로 나아지다가 순식간에 실력이 퇴보하기도 하는, 자질구레하고 구태의연한 세계. 자주 지치지만 예상 못한 즐거움을 보너스로 받기도 하는 세계. 가장 사랑하는 이들과 자기 자신을 굶주림에서 구조하는 영웅들이 사는 세계다.

● 오늘 배운 것: 이제야 '나의' 부엌이 탄생한 기분!

(시골에서)

꽃게탕과 할배들

백발의 노가수가 기타를 치며 노래한다. 석양은 날 깨우고 밤이 내 앞에 다시 다가오는데, 나는 왜 여기 서 있냐고. 수많은 별의 기억들이 내 앞에 다시 춤을 추는데, 나는 왜 여기 서 있냐고. 무대는 커다란 주방. 방금 전까지 게딱지가 두려워 떨던 그가 열창한다. 애절한 노래가 끝나자 자리로 돌아가 된장을 끓이던 물에 손질해둔 꽃게를 빠뜨렸다.

〈수미네 반찬〉 할배 특집. 혼자 산 지 십수 년 된 세 할배, 임현식, 김용건, 전인권이 김수미 선생님에게 좋은 평가를 받고 싶어 안달복달이다. 빠른 손으로 소고기와 우엉을 조리고 삼색나물을 무치고 된장꽃게탕을 끓이는 김수미. 그녀는 호락호락하지 않다. 빽빽 소리치며 제자들을 몰아붙인다. 그러다가 돌연 "이 정도면 잘한 거예요."라며 너그럽게 웃으면, 초로의 제자들은 좋아 어쩔 줄 모른다. 웃는 얼굴의 주름이 깊다. 프라이팬과 푸닥거리하는 노인들을 보며 나는 슬퍼졌다. 저들은 어쩌다 반찬 하나 만들 줄 모르고 저리 늙어버렸는가. 2019년 가을에 방영된 이 무모한 도전을 지켜보는 내 마음은 복잡하게 엉켜버렸다.

그 무렵, 엄마가 친구들과 함께 몇 년 동안 모은 적금을 타서 유럽 여행을 떠난다고 했을 때 남동생이 그랬단다. "그럼 아버지는? 혼자 식사하셔야겠네. 안됐다." 겨우 새끼들 끼니 걱정 덜게 된 엄마는 이제 남편이 먹을 국과 찌개, 밑반찬을 따로 담고 견출지를 붙이고 데우는 법을 메모하고, 죄책감을 안고 떠난다. 그런데도 아들은 아버지가 안됐다고 말한다. 나는 다른 의미에서 아버지가 안됐다고 생각했다. 그는 어쩌다 가장 기본적인 생존 기술도 터득 못하고 할아버지가 되어버렸나.

부엌에 들어가면 고추 떨어진다던 아버지의 부모와 그들의 부모와 부모의 부모 탓일 수도 있다. 이십대에 가장이 되어 노모와 동생들을 먹여 살리느라 그랬을 수도 있다. 저녁마다 "아빠! 엄마가 식사하시래요!"를 외치던 우리 삼남매의 탓일 수도 있고, 밥은 왜 엄마만 하냐고, 아빠가 해주는 밥도 먹고 싶다고 말한 적 없는 내 탓일 수도 있다. 어쨌든 분명한 사실은, 어떤 사람들은 끼니를 챙겨 먹을 줄 모르는 채로 늙는다는 것. 태초부터 인간이 본능적으로 하던 일에 불구가 된 이들이 있다는 것. 이상한 일이다. 온 가족 먹여 살리고, 더 넓은 집으로 이사하고, 아들딸 교육시키고 결혼 자금까지 만드느라 그랬는데, 그렇게 바쁘게 살았는데. 세상은 과연 좋아졌나 생각하면 가슴이 아려온다. 그들을 지칭하는 '삼식이'란 말의 폭력성이 아프다.

어느 날에는 후배를 만나 떡볶이를 먹다가 놀라운 일화를 들었다. 후배가 최근 결혼한 친구 부부를 만났단다. 그 부부는 둘 다 부엌일에 젬병인데, 새신랑이 최근 몇 차례 식사를 직접 준비했다고 자랑하며 그러더란다. "여성호르몬이 퐁퐁 샘솟는 기분이더라고요!"

시모의 병수발과 삼남매 양육에서 벗어나 육십대가 되어서야 자유의 몸이 된 엄마가 여행을 떠나는데 아버지 끼니 걱정하는 아들, 식사를 준비하며 호르몬 운운하는 새신랑. 그들을 생각하다가 나는 머릿속에서 커다란 종이 울리는 소리를 들었다. 그럼 나는? 나라고 다른가?

● 오늘 배운 것: 나나 잘하자.

나의 첫 부엌 이야기

시골에 살면서 나를 가장 두렵게 하는 건 현지인의 텃세도 미래에 대한 두려움도 아슬아슬한 통장 잔고도 아닌 끼니다. 해 먹고 치우고 돌아서면 다시 밥때라던 엄마들의 케케묵은 푸념을 실감한다. 끼니는 성실하다. 나는 별 볼 일 없이 빈들빈들 살아보려 여기까지 왔는데, 끼니는 쉴 없이 찾아와 간섭한다. 그래서 이봐, 오늘 점심은 뭐 먹을 거야? 냉장고 비었던데, 저녁은 어쩌려고? 매일매일 나의 나태를 꾸짖는 끼니. 그 근면이 끔찍할 정도다.

끼니만큼 끔찍한 게 잡초다. 잡초 역시 성실하고, 그것은 언제나 승리한다. 오늘도 아침부터 잔디밭 잡초를 생각하고 있다. 이렇게 해가 쨍쨍한 날은 아침 다르고 점심 다르다. 도시에 살 땐 몰랐다. 추운 겨울에도 잡초는 아우성치며 자라고, 어떤 것들은 한 줌 볕으로도 근근이 생명을 이어간다는 걸. 잔디밭에 이미 잡초가 무성하다. 녀석들은 빠르게 자라고, 내 마음은 조바심에서 야속함을 지나 공연한 분노로 옮겨가고 있었다. 대체 왜! 아끼는 화분들은 집 안에서 시들시들 시원찮은데 쟤들만 저럴까? 옆집 남자가 내 남편 보약 훔쳐 먹는다면 이런 기분일까?

그중 가장 끔찍한 건 토끼풀이다. 포복하듯 땅을 기면서 자라는 토끼풀은 마디에서 새로운 뿌리를 내린다. 문제는 그 뿌리가 머리카락처럼 가늘어서 완벽하게 캐낼 수 없다는 것이다. 낮은 포복으로 제 영역을 넓히다가 탁월한 조직배양능력으로 수많은 클론을 만들어내는, 실로 무시무시한데 이름은 귀여운 놈! 토끼풀! 심란하게 잔디밭을 둘러보다가 이 억척스러운 클론들을 그냥 둘까 생각한다. 오늘부터 그냥 토끼풀밭이라고 부르면 되잖아? 클로버 가든. 얼마나 고상해? 저 중엔 네잎클로버도 있을 테니, 행운을 가져다줄지도 모르고. 거꾸로 된 심장 모양도 귀엽잖아? 433년에 성 패트릭이 아일랜드에 가톨릭 교리를 전파할 때 토끼풀을 이용해 성삼위일체를 설명했다고 하니 또 얼마나 거룩한 느낌이야? 그만하자….

자기 앞에 놓인 문제를 침묵으로 견디는 이가 있고 소리치며 싸우는 이가 있고 열패감에 빠져드는 이가 있다면, 내 경우 딴청을 부리는 편이다. 잡초를 뽑아야 하는 현실을 내버려두고 토끼풀을 생각하고 있는 것이다. 내가 그런 사람이라는 걸 나도 최근에 알았다. 그래서 요즘 초월과 외면의 차이에 대해 자주 생각한다. 그리고 문득 그 작은 방을 떠올린다.

　　스물일곱부터 서른까지, 4년 동안 지낸 방이동의 원룸이었다. 싱글 침대가 한쪽 벽에 놓여 있고 다른 쪽 벽에는 책과 옷이 쌓여 있는 남루한 방이었다. 방에 딸린 욕실에는 변기와 세면대, 초소형 통돌이 세탁기가 나란히 놓여 있었고, 나는 아침마다 세면대와 세탁기 사이에 서서 물을 튀기지 않도록 주의하며 샤워해야 했다. 좁고 천장이 낮고 환기가 잘 안 되는 건 참을 수 있었는데 문제는 전등이었다. 어느 날 내 얼굴만 한 둥근 전등이 천장에서 떨어져 전선 끝에 대롱대롱 매달렸다. 그걸 고쳐달라고 꼭대기 층 집주인 할아버지에게 연락했더니 꼭대기 바로 아래층에 사는 그의 아들이 출동했다. 말이 없던 거구의 아들은 커다란 철제 공구함을 들고 나타났는데, 그것만으로도 나는 겁에 질렸다.

　　고쳐도 고쳐도 전등은 자꾸 떨어졌다. 천장이 삭아서 그렇다는 것을, 천장 공사를 해야 문제가 해결된다는 것을 알면서도 할아버지는 번번이 아들을 내려 보냈다. 눈 가리고 아웅 하는 집주인에게 "어르신! 왜 얕은 수로 절 속이려 하세요? 당장 천장을 뜯어 고쳐주세요!"라고 소리쳤다면 좋았겠지만 나는 그러지 못했다. 기가 푹 죽은 채로 능력에 넘치는 일들을 수습하고 휘적휘적 돌아와 잠만 자고 다시 나가던 시절이었다. 열렬히 꿈꾸던 일을 드디어 하게 됐는데, 세상은 내 맘 같지 않았다. 사회 초년생들이 으레 그렇듯, 밑천은 초라했고 인간관계는 자꾸 꼬였다. 안팎으로 대책 없이 구겨졌다. 지난 마감에 허물어진 자존감을 보수하기도 전에 다음 마감이 돌아오곤 했다. 사회 초년생의 사회적 자아는 끈덕지게 집까지 따라왔고, 세입자의 권리를 주장할 에너지가 내겐 없었다. 결국 나는 다세대 주택의 좁은 복도에 초라하니 서서 어물어물 간청했다. "저… 그럼 혹시 전등을 다시 달아주실 수 있나요?"

그날의 고된 노동을 마치고(땀 냄새로 알 수 있었다.) 퇴근한 뒤에 공구함을 들고 해결되지 않을 문제를 직면하러 오는 집주인의 아들도 고역이었겠지만, 나는 말 없는 빅 보이와 단둘이 있다는 사실에 두려워 떨면서도 최대한 예의를 갖추며 태연한 척해야 했다. 그리고 전등은 자꾸 떨어져 위태롭게 매달렸다. 그것은 다만 중력에 반응할 뿐 인간들의 고통은 고려하지 않았다. 그러던 어느 날 나는 해괴한 결심을 하기에 이른다. 구두쇠 할아버지와 무기력한 빅보이와 겁에 질린 이십대 후반의 여자, 이 셋의 고리를 끊어버리자. 아무려나 저 전등은 매달리고 싶어 하는 전등. 이제부터 난 욕실 전등 없이 살아가는 사람이다!

그렇게 초를 켜는 생활이 시작됐다. 어둠 속에서 어른거리는 촛불에 의지해 머리를 감고 이를 닦고 똥을 싸는 날들이었다. 어느 브랜드에서 선물받은 장딴지만 한 크기의 초를 변기 수조 뚜껑 위에 올려두고 사용했는데, 알고 보니 1643년부터 프랑스에서 생산되어 왕실과 대성당에 납품한다는 최고급 브랜드의 향초였다. 아아, 그 기괴한 방의 분위기와 성스러운 향이 떠올라 새삼 아련해진다. 그런데 가만, 생각해보니 나 혼자 괜히 고통받은 것이 아닌가 싶다. 돈푼이라도 아끼려던 스크루지의 꼼수에 나는 말려들었고, 촛불에 의지해 사는 주제에 이것도 나쁘진 않다며 그에게 메롱 한 번 날리지 못한 것이다. 눈 가리고 아웅은 저쪽이 아니라 내가 스스로에게 한 것이 아닌가.

그리하여 나는 다시 초월과 외면의 차이를 생각한다. 극복하는 사람과 도망치는 사람의 차이에 대해. 나는 외면하며 도망치던 사람이었다. 전등을 대롱대롱 매달아두고 그 곁에서 겁도 없이 물을 튀기며 샤워하던 사람. 어둠 속에서 초를 켜고 똥을 싸던 사람. 그 초가 세상에, 270유로짜리라는 것을 나중에 알고는 오오, 어쩐지 향이 좋더라, 하며 추억 삼아 떠드는 사람. 견딜 수 없는 불운은 피할 수밖에 없다는 태도로 살아왔다. 하지만 이제 바꿔보려고 한다. 내가 할 수 있는 것을 여기에서, 당장 하겠다는 태도를 가져보려는 것이다. 그 첫 번째가 끼니를 외면하지 않는 일이다. 아! 우선 비 그치면 토끼풀부터 뽑고.

● 오늘 배운 것: 부엌 얘기를 하려 했는데, 토끼풀은 뭐고 향초는 또 뭔가? 집중하자.

진짜, 나의 첫 부엌 이야기

방이동 작은 방 이야기를 시작한 건 그 방의 부엌 때문이다. 이쪽 끝에서 침을 투, 뱉으면 저쪽 끝에 떨어질 만큼 작은 그 원룸에도 부엌 비슷한 것이 딸려 있었다. 조리대 한 칸과 개수대 한 칸이 이어진 부엌이었다. 연두색도 청록색도 아닌 기묘한 색의 시트지로 마무리된 상부장에는 메모 한 장이 붙어 있었다. 이것을 공개하는 데에는 큰 용기가 필요하지만 어쨌든 여기에 써보기로 하자. 자, 퀴즈. 이건 무슨 메모일까?

달걀 2개
우유 1/2컵
버터 1/2조각
설탕 1큰술
소금 1/2작은술

　　당시 나는 나의 공간이 생겼다는 기쁨에 음식을 만드는 데 빠져 있었다. 집에 놀러온 후배에게 돼지고기 두루치기를 만들어주니 엄지척을 날려주었는데, 나는 들떠서 심성 고운 그녀의 리액션을 확대

해석하고 말았다. 그래, 나는 요리를 잘하는 사람이었어. 그게 이제야 확인된 것이야! 자신감을 얻은 후 주말이면 김치찌개와 된장찌개와 미역국 따위를 만들며 시간을 보냈다. 환기가 전혀 안 되는데 끈적끈적한 환풍기를 틀 용기는 도무지 나질 않던 그 작은 방에서 결연한 의지를 불태웠다. 하지만 지금 와서 생각하면 그것은 요리라기보다는 계량의 반복에 가까웠다. 인터넷에서 건져 올린 레시피와 똑같이, 단 1g의 오차도 허용하지 않겠다는 태도로 일회성 음식을 만들어댔다.

그러던 어느 주말에 사건이 터졌다. 갑자기 머릿속에 고구마 맛탕이 떠올랐고, 이제는 조금 용감해져보기로 했다. 나의 기능이 '레벨 업' 되었다고 믿었던 것이다. 슈퍼마켓에 가서 고구마와 물엿을 사다가 레시피 없이 스스로 만들어보기로 했다. 고구마를 튀기고 물엿을 넣고 어찌어찌 하다가 잠깐 한눈을 판 사이에 고구마는 새까맣게 타버렸다. 연기로 가득 찬 방 안에서 깨달았다. 계량의 반복은 실력의 증진이 아니었음을. 자신감도 새까맣게 타버렸다.

그날 이후 자연스레 부엌과 멀어졌다. 집 앞 분식집에서 라볶이나 사다 먹으며 몇 년을 보냈다. 그리고 결혼한 뒤 나는 부엌과 완전히 결별하게 되었는데, 문제는 남편 J의 요리 실력이었다. 그가 내게 처음 만들어준 건 잡채였다. (각오하시라, 이제 시작이다.) 그는 오징엇국을 끓이고 생선을 조리고 나물을 무치고 소불고기를 만들더니 탕수육과 깐풍기를 튀기고 수육을 삶고 곰탕을 끓였다.

내가 먹고 싶다는 걸 죄다 만들어준다는 점에서 두 번째 엄마를 만난 기분이었다. 심지어 그는 요리하는 행위 자체를 즐거워했다. 가장 신기한 건 검색이나 계량은 하지 않고 가끔씩 간을 보며 뚝딱뚝딱 요리한다는 것. 어느 날 "그 양념 비율은 어떻게 아는 거야? 외운 거야?" 물었더니 그가 답했다. "예전에 먹었던 맛을 생각하면서 하나씩 넣어보는 거야. 해보면 다 알게 돼." 어. 그래. 멋지다. 근데 좀 얄밉네?

그의 대답은 과거의 한 장면을 떠올리게 했다. 초등학생 시절, 엄마는 언니와 나를 데리고 학부모와 학생이 함께 참여하는 백일장에 나가곤 했는데,

엄마는 시를 쓰고 언니는 그림을 그려 각자 여러 번 수상했다. 어느 봄날 풀밭에서 열린 백일장에서 풍경화를 그리는 언니 옆에 앉아 나도 나름대로 붓을 놀리고 있었더랬다. 갈색 고구마 위에 초록색 빵떡을 얹은 모양새의 내 나무와는 달리, 언니의 나무는 진짜처럼 보였다. 놀라운 건 나뭇잎을 하나하나 붓으로 작게 점 찍어 그렸는데, 그 색이 모두 다르다는 것이었다. "언니야 언니야, 나뭇잎은 초록색인데 왜 노랑색을 찍었어?"라고 묻자 언니는 웃으며 답했다. "그렇게 보이니까 그렇게 그렸지!" 아니 이것은 소녀 장금이가 "홍시 맛이 나서 홍시 맛이 난다고 하였는데 왜 홍시 맛이 난다고 했냐고 물어보시면 그저 홍시 맛이 나서 홍시 맛이 난다고 한 것이온데…." 라던 그 뉘앙스가 아닌가? 그렇다. 언니의 나뭇잎과 장금이의 홍시 맛과 J의 양념은 모두 비슷한 것이었다. 나한테는 없는 것. 타고난 재능이라는 것.

나는 J처럼 잘 안 됐다. 음식을 사 먹으며 여기에 뭘 넣은 걸까 생각해본 경험이 없었다. 경험치가 없으니 떠올릴 것도 없었다. 인터넷에서 레시피를 찾는 일이 고단하게 느껴져 책을 사서 그 책에 적힌 대로 따라 하기 시작했다. 여러 번 따라 한 메뉴는 저절로 익힐 수 있도록. 그러다가 문득 이런 생각을 하기에 이르렀다. (이것은 인생을 관통하는 아주 중요한 생각이자 태도다.) 부엌에서 무엇을 해도 되는지 타인에게 묻지 말자. 허락은 나 자신에게 구하자. 그리하여 나는 내 맘대로 음식을 만들기로 했다. 일단은 망치기로 했다. 망치자. 집을 불태우는 것만 빼고 무엇이든 허용하자. 넣어보고 아닌 것 같으면 다음엔 안 넣으면 된다. 뻔뻔해지면 뭐든 조금씩 좋아질 거야.

두툼한 삼겹살을 사다가 한입 크기로 잘라 된장과 맛술을 버무려둔다. 깊은 냄비에 기름을 두르고 고기를 볶다가 다진 마늘 넣어 좀 더 볶고, 감자, 애호박, 양배추, 당근 등 냉장고에 있는 채소를 큼직한 깍두기 모양으로 썰어 고기 위에 수북하게 올린다. 된장을 좀 더 얹은 뒤 뚜껑을 덮고 약한 불에 오래오래 익힌다. 마지막으로 매운 고추와 고춧가루를 넣고 전부 섞은 뒤 불을 끈다.

이것은 언젠가 텔레비전에서 보았던 '양희은 무

수분 된장찜'이다. 물을 한 방울도 넣지 않고 오래 끓이는 게 특징인데 채소에서 나온 채수의 달큰한 맛이 일품이다. 된장을 많이 넣어 짜게 된 날엔 물을 붓는다. 무수분 된장찜인데 물을 왜 넣습니까? 라고 누군가 묻는다면 나는 답하리. 왜냐하면 나는 내 맘대로 만드는 사람. 음식을 망치기로 작정한 사람이니까요.

처음 낸 퀴즈의 정답: 프렌치토스트 재료.

그렇다. 과거의 나는 토스트를 만들기 위해 설탕과 소금을 계량하던 사람이었던 것이다.

● 오늘 배운 것: 강박이여, 안녕.

대파 두 단을 다듬으며

시골집 공사를 끝내고 이사한 다음 날, 냉장고 문을 열고 고민에 빠졌다. 6개월 만에 다시 만난 텅 빈 냉장고. 어디서부터 어떻게 시작해야 하나. 아직 저장할 이름도 얻지 못한 빈 문서를 눈앞에 둔 기분이었다. 커서가 깜박인다. 뭐라도 써봐. 냉장고가 삑삑거린다. 꺼낼 거 없으면 거 문 좀 닫지 그래? 눈앞이 캄캄하다. 속수무책이 되어버린 내 마음속에서도 알림이 울린다. 이봐 정신 차려! 뭐라도 사다가 채우고 만들어야 먹고살 것 아냐! 깜박깜박, 삑삑!!!

꼭 필요한 것들부터 생각해보자. 게임으로 치면 제로 레벨의 플레이어를 가엾게 여겨 공짜로 제공해주는, 그런 기본템들 말이야. 쌀, 그래 쌀! 그리고 된장, 고추장, 간장, 식용유, 참기름, 소금, 설탕, 깨소금 등등. 집에서 읍내까지는 차로 25분. 그곳 큰 마트(라고 해봐야 대형 슈퍼마켓)에 가서 우선 필수 기본템을 장착했다.

집으로 돌아와 싱크대 서랍 한 칸을 기름과 각종 양념으로 채우고 쌀은 쌀통에 붓고 실온 보관 재료들은 팬트리에 정리했다. 그리고 내 앞에는 대파

두 단과 마늘 한 뭉치가 놓였다. 자, 이제 이걸 어쩐다? 우선 바닥에 무릎을 하나 세우고 앉아(어디서 본 건 있다.) 신문지를 펼치고, 대파 뿌리에 묻은 흙을 털어 낡은 옷을 벗겨냈다. 뽀얀 속살을 드러낸 대파를 깨끗하게 씻은 뒤 물기를 탈탈 털어 뿌리 부분을 짧게 잘랐다. 파 뿌리는 육수용으로 쓸 수 있다고 들었던 것 같으니, 따로 모아둔다. 파는 흰색과 초록색으로 나누고, 흰색의 절반은 길게 두 번 갈라 작게 잘랐다. 볶음 반찬이나 볶음밥을 위한 파. 나머지 절반은 찌개나 조림에 넣을 만한 크기로 어슷어슷 썰었다. 초록 부분은 전부 쫑쫑쫑 썰었다. 다른 모양으로 썰린 파를 각각 따로 담아 냉동실에 넣었다.

시골집을 고칠 때 부엌에 특히 신경을 썼다. 어디선가 사 온 음식을 먹는 공간이었던 서울집의 부엌과는 다르게 사용될 거라는, 어쩌면 가장 중요한 공간일 거라는 막연한 생각이었다. 3.5미터 정도 길이의 일자형 부엌. 그곳에서 처음 한 일은 그런 것들이었다. 앞으로의 생활을 가늠해보며 경건한 마음으로, 제로 레벨 플레이어의 마음이 되어 기본템을 점

검했다. 대파를 용도별로 다듬어 저장하고, 시골 마늘을 사다가 껍질을 벗겨 깨끗이 씻고 믹서에 넣고 갈아 실리콘으로 만든 얼음 틀에 채워 냉동실에 넣고, 부산 외가에서 보내신 건어물을 종류별로 나눠 담아 육수 낼 때 쓸 수 있도록 저장했다.

이제 정말로 부엌 생활이 시작되는 것이다. 자려고 누워, 냉동실 한 칸을 차지하고 있는 대파와 마늘을 생각하며 용기가 캉캉 샘솟는 기분을 느꼈다. 그것이 정말 찌개와 조림과 국과 볶음밥의 형태가 될지는 아직 알 수 없는 일이었지만.

● 오늘 배운 것: 랩이고 물안경이고 다 소용없다. 파를 썰 때는 광광 우는 수밖에.

이상한 팬트리의 가시오가피

서울집을 떠나 이곳 지리산으로 이사하며 짐을 거의 다 내다버렸다. 잭팟이 터진 건 드레스룸이었고, 그다음이 책장. 그리고 정리하면서 가장 부끄러웠던 곳은 부엌 찬장과 냉장고였다. 그곳에서 끝도 없이 물건이 쏟아져 나오는데, 나도 모르게 소리를 질렀다. "우리 그동안 대체 뭐 먹고 산 거니??"

부엌 찬장에서는 SSG 푸드마켓에서 산 가쓰오부시 네 봉지와 제주 여행 갔을 때 오일장에서 샀던 가시오가피 네 봉지, 런던 출장 갈 때마다 사 오던 라이스 크리스피 시리얼(지금은 한국에서도 판다.) 세 박스, 한방병원에서 지었던 척추에 좋은 한약 세 박스… 그런 것들이 맥락 없이 쏟아져 나왔다. 냉장고는 더했다. 한두 번 사용하고 넣어둔 각종 양념이 냉장고를 꽉꽉 채우고 있었는데 대부분 유통기한이 지난 것들이었다.

그 시절을 말로 쓰자면 '셰프들의 요리를 숭배하던 시기'라고 표현할 수 있겠다. 셰프들이 유명인의 냉장고 속 재료를 이용해 요리하는 프로그램을 특히 좋아했다. 15분의 마법! 그걸 열심히 보면 나도 요술방망이 뚝딱, 할 수 있을 것 같았다. 놀라운 건 남은 재료 활용법을 알려주는 프로그램을 보며 내가 배운 건 재료 남기는 법이라는 사실.

셰프들이 만든 그 음식을 만들기 위해 식재료를 사 와서 한 끼 해 먹고 나면 나에겐 너무 많은 재료가 남았다. 밀키트처럼 요리할 만큼 소분해서 파는 게 아니니 당연했다. 재료가 남으면 그걸 활용하지 않고 다음 음식을 만들기 위해 다시 식재료 사냥에 나섰다. 셰프들을 숭배하기 위한 제물이라도 되는 듯, 그런 식으로 식재료가 버려지는 걸 당연하게 여겼다. 조금씩 쓰고 남겨두었다가 다시 꺼내 먹는 일을 궁상으로 여기는 지경까지는 아니었지만, 버리는 걸 아까워할 줄 모르는 나였다. 결국 감자, 당근, 토마토 같은 것들은 버려지고, 남는 건 썩지 않는 것들이었다. 가쓰오부시와 가시오가피와 시리얼과 한약이었다.

이제 끼니는 이벤트가 아니다. 나는 냉장실과 냉동실, 실온 팬트리를 관리하는 방법부터 익혀야 했다. 그것이 시골에서 내가 가장 먼저 갖춰야 할 능력치. 제로 레벨에서 벗어나기 위해 새로운 방법을 시도해보기로 했다. 우선 사 온 재료를 모두 적는다. 다른 종이에는 그 재료들로 만들 수 있는 음식을 적는다. 그리고 또 다른 종이에는 다음번에 사야 할 것을 적는다. 세 개의 리스트는 끼니가 지날 때마다 수정된다. 이를테면 이런 식이다.

메모 1

냉장: 절단 닭고기, 국거리 소고기, 돼지고기 앞다리살과 목살, 상추, 깻잎, 감자, 양상추, 양파, 무, 알배추, 양송이버섯, 사과, 단감, 베이컨, 달걀, 두부

냉동: 만두, 손질 고등어, 식빵, 어묵

실온: 참치캔, 홀토마토캔, 파스타 면, 메밀면, 소면, 중면, 넓적당면, 마른 미역

메모 2

간장찜닭, 제육볶음, 돼지고기 간장조림, 토마토 스파게티, 냉모밀, 카르보나라 스파게티, 비빔밥, 고등어조림, 배추된장국, 고추장찌개, 마파두부덮밥, 버섯카레, 미역국, 어묵국, 참치샌드위치, 달걀말이, 두부조림, 깻잎반찬, 참치김치찌개, 잔치국수

규칙 같은 건 없이 그냥 생각나는 대로 나열해 적어둔다. 저 많은 메뉴를 내가 다 만들 수 있는지 고려하지 않고 일단 적는다. 우리 팀엔 구원투수 J가 있으니 만약의 경우 그를 등판시키면 된다. (마파두부덮밥 같은 건 사실상 만들어달라는 메시지나 다름없지 뭐.) 둘이서 오며 가며 그걸 보고, 끼니때가 되면 의논한다. "오늘 점심엔 간단하게 냉모밀 먹을까?" 하는 식으로.

두 개의 메모가 조금씩 지워지기 시작하면 메모 3이 채워진다. 다음번에 장 보러 가서 사야 할 것들의 목록이다. 식재료는 대체로 읍내 마트나 근처 오일장에서 사지만 거기에 없는 것을 사려면 차로 40분을 달려서 근처 시내로 나가야 한다. 대형마트에서는 주로 할인하는 고기나 생선, 치즈나 버터, 파스타 면, 양식 소스 등의 식재료와 샴푸, 휴지, 세안제 같은 공산품을 산다. 새로 나온 과자나 음료를 구경하고 가전제품 매장에 들러 괜히 기웃거리다가 카페에서 커피도 한잔 마시고 나온다.

두 사람의 네 팔로 다 들지 못할 만큼 사면서 나는 마음속으로 다짐한다. 좋았어, 다시 메모를 시작하는 거야. 앞으로 2주 동안은 이 재료들로 매 끼니 성실하게, 소박하게 만들어 먹어야지. 꼭 그래야지!

그리고 집에 가는 길, 조심스럽게 J에게 제안하는 것이다. "읍내에 들러 치킨 한 마리 튀겨 갈까? 여기까지 나왔는데 말이야."

● 오늘 배운 것: 그럴 거면 생닭을 사지 말았어야지, 이 사람아.

몰래 온 손님

허리가 꼬부라진 동네 할머니가 두 팔을 흔들며 걸어간다. 기세는 맹렬한데 속도는 느리다. 니가 이기나 내가 이기나 해보자아!! 당장 누구 머리채라도 잡을 기세로 씩씩하게 걸어야 겨우 저 속도로 걸어갈 수 있는 나이. 시골 노인들 특유의 어깃장을 마주할 때면 도시 노인들의 무기력을 볼 때와는 다른 애잔함을 느낀다. 그런데 씩씩하게 걸어가던 할머니가 갑자기 주저앉아 그 자리에 뭉그러진다. 아. 올 것이 왔구나. 할머니들이 쭈그려 앉아 땅을 파고 있다면, 어김없다. 봄이 왔다는 뜻이다.

쑥과 머위, 냉이와 달래를, 그리고 내 눈에는 잡초에 다름 아닌 것들을 맨손으로 쥐어뜯는 할머니들이 봄이 왔음을 알린다. 그렇게 봄이 오고 여름이 오면 고민거리가 따라온다. 앞집 할머니가 찾아오는 것이다. 할머니는 새벽같이 찾아오는데, 벨도 누르지 않고 현관 앞에 자꾸 뭘 두고 간다. 뚱뚱하고 못생긴 애호박, 오이, 고추, 각종 나물 거리들. 너무 감사한 일이지만, 문제는 그 양이 너무 많고 이걸 어떻게 먹어야 할지 당최 모르겠다는 것이다.

잎채소라면 상추, 깻잎, 양배추 정도밖에 모르

는데. 처음 보는 이 풀때기는 대체 뭘까, 하는 생각에 잠겨 있는데, 마침 돌담 너머를 지나던 할머니가 소리친다. 취나물 무쳐 무라! 나는 풀죽은 소리로 묻는다. 시금치처럼 데쳐서 무쳐 먹어요? 할머니는 찡그리는 것도 같고 웃는 것도 같은 얼굴로 볼멘소리를 낸다. 아이구야~ 느그는 그것도 모리고 뭐 묵고 사노? 할머니 걱정 마세요, 아마 남편이 알 거예요, 라는 말은 삼키고 돌아섰다.

서울 살 적에도 비슷한 경험을 했었다. 친한 선배네 집에 놀러 갔다가 '언니네텃밭'이란 걸 알게 됐다. 여성농민공동체에서 생산자와 소비자를 연결해주는 서비스라고 했다. 뭔지는 잘 모르겠지만 멋져 보여 나도 신청했다. 그리고 매주 집으로 박스가 배달되었는데, 거기엔 지역 농부들이 채취한 친환경 유기농산물이 담겨 있었다. 주로 채소였고, 수확량이 부족한 겨울에는 직접 담근 김치나 장아찌, 잼 따위도 왔다.

그 아름다운 상자를 받아 들고 내가 가장 먼저 하는 일은 사진을 찍어 SNS에 올리는 것이었다. 지역 농부들을 돕는다는, 그들은 무려 식량 주권 실현을 위해 토종 씨앗과 우리 쌀을 지키는 분들이라는 생각에 취했다. 윤리적 소비를 하는 살림꾼이 되었다는 자기도취에 빠졌다. 싱싱하게 도착한 식재료들은 촬영 후 방치되었다가 곧 음식물 쓰레기가 되어 처리되었다.

언니네텃밭 공동체는 다품종 소량 생산의 텃밭 농사를 하기 때문에 배달되는 수확물의 종류가 매우 다양했다. 당근, 무, 양배추, 상추, 고추 같은 흔한 것도 왔고 곰취, 도라지, 고사리 같은 귀한 것도 왔다. 그것은 내게 선물이었다가 자랑거리였다가 곧 숙제가 되었다가 이내 골칫거리로 전락했다. 나는 메뉴를 정하고 필요한 재료를 잔뜩 사다 나르긴 했어도 미가공 식재료를 다루는 법을 전혀 알지 못했다. 재료에서 시작하는 요리를 몰랐다. 그것은 텔레비전과 블로그, SNS에서 새로운 음식을 접하고, 그것을 만들 수 있는 재료를 사다가 똑같이 따라 하는 것과는 다른 차원의 문제였던 것이다.

할머니가 두고 가신 참나물은 겉절이 양념에 무

쳐서 돼지 목살구이와 함께 먹고, 남은 건 오일 파스타에 넣고 함께 볶아서 먹었다. 햇감자는 쪄서 간단히 끼니를 때우기도 하고, 튀겨도 먹고 반달 모양으로 썰어 오븐에 구워도 먹고 삶은 뒤 으깨도 먹었다. 단호박은 쪄서 매콤하게 볶은 제육볶음과 함께 먹고, 애호박은 부침가루와 달걀을 묻혀 부쳐 먹고 남은 건 된장찌개에 넣어 먹었다. 어떤 건 내가 만들었지만 대부분 J가 만들었다.

신기한 건 재료로부터 출발하는 법을 배웠다는 것. 그랬는데도 다 먹지 못하고 결국 상해버린 채소들도 있었다. 그건 뒷마당 저 끝의 매실나무 뒤편에 뿌렸다. 좋은 거름이 되겠지, 생각하며 커다란 죄책감을 느꼈다. 할머니의 새까만 얼굴과 손이 떠올라서였다.

● 오늘 배운 것: 다 못 먹은 채소는 절이자. 어떻게든 되겠지.

한여름의 오이지

가족들이 놀러 왔다. 새벽 4시에 출발해 네 시간을 달린 커다란 승합차. 거기서 친정 식구들이 줄줄이 내렸다. 고단함과 반가움이 뒤섞인 얼굴들, 그리웠던 그 얼굴들 뒤로 거대한 아이스박스도 내렸다. 해수욕장에서 한철 장사꾼이 얼음을 채워 사용하는 시퍼런 아이스박스. 그 안엔 소고기며 돼지고기며 김치며 각종 밑반찬 같은 것들이 들어 있었다. 고춧가루에 쌀에 과자에 빵까지 싸 온 엄마. 나는 화가 치밀었다. 엄마 여기에도 이런 거 다 있어. 이런 거 살 돈 나도 있어. 엄마는 대꾸 없이 재료를 정리하기 시작한다.

엄마가 수북하게 쌓인 고기를 소분하는 모습을 지켜본다. 고기를 덩어리째 냉동실에 넣으면 안 돼. 떼어내서 조금씩 사용하기 쉽도록, 이렇게 사이사이에 비닐을 끼우는 거야. 비닐봉지 깊숙이 목살 한 장, 봉지 주둥이 쪽에 한 장, 겹치지 않게 한 번 접고 그 사이에 또 한 장. 찌개용은 썰어서 얼리고, 불고기감은 양념에 재워서 얼리고. 아 그리고 자혜야, 김치를 꺼내고 나면 남은 김치가 국물에 폭 잠기게 꼭꼭 눌러줘. 이렇게 꼭꼭. 잔소리가 길어진다. 하지만 엄마는 나의 냉장고를 함부로 열어보거나 마음대로 정리하지는 않는다.

그런 엄마에게 내가 만든 오이지를 보여준 건 순전히 자랑하기 위해서였다. 이것 좀 봐봐. 나도 이제 이런 것도 할 줄 알아. 응? 막 직접 만들어 먹고 그런다고! 엄마는 막 담근 나의 오이지를 가만히 들여다보고는 별말 없이 돌아갔다. 커다란 김치통에 담긴 엄마의 오이지가 집으로 배달된 건 그로부터 몇 주 뒤의 일이었다. 나의 첫 오이지가 망할 거라는 걸 엄마는 예상한 걸까?

오이지를 얇게 썰어 생수를 넉넉히 붓고 냉장고에 보관했다가 먹기 전에 꺼내 각얼음 서너 알 띄우고 통깨를 뿌린다. 단순하고 소박한 한여름의 맛. 어려서부터 내가 좋아했던 맛. 그 시절 여름날처럼 '난닝구' 한 장 걸치고 앉아 신나게 마셨다. 나는 나는 자라서 무엇이 달라졌나? 비록 실패하긴 했지만 오이지 담그기를 시도하는 사람이 되었네. 그리고 이제는 오이지물 두 사발을 급하게 마시면 배탈이 다 나네. 꾸르륵.

● 오늘 배운 것: 오이지 만들 땐 소주를 꼭 넣고, 무거운 것으로 눌러 잠기게 할 것. 안 그럼 무시무시한 곰팡이가….

우리는 한 그릇 식사를 좋아해

몇 번이고 반복해서 본 영화 중 하나가 〈8월의 크리스마스〉인데, 그중에서도 다림(심은하)이 스르르 잠들자 정원(한석규)이 그녀를 향해 선풍기를 돌려주는 장면과 다림이 아이스크림을 먹는 장면을 좋아한다. 밥숟가락으로 아이스크림을 맛나게 퍼먹던 그녀가 웃으며 말한다. "아저씨 외아들이죠? 먹는 거 보면 알아요. 우리집은 아이스크림 하나 먹을 때 난리쳐야 되거든요. 이렇게 선을 딱 그으면서부터 전쟁의 시작이에요. 지겨워."

어떻게 나눠 먹을 것인가. 나 역시 그 문제에 민감하다. 식구 많은 집에서 자랐기 때문일까? 아니면 천칭자리라서? 보통의 엄마들이 "싸우지 말고 사이 좋게 나눠 먹어."라는 도달할 수 없는 목표를 설정해주는 것과 달리, 우리 엄마는 재미있는 방식으로 공평했다. 엄마는 투게더 아이스크림을 살 때 한 통을 사서 셋으로 나누지 않았다. 세 통을 사서 통마다 견출지를 하나씩 붙이고, 거기에 우리 세 남매의 이름을 각각 적었다.

우리는 아이스크림을 먹으며 늘 남의 통을 엿

보았다. 얼마나 남았는지 확인했다. 내 것을 다 먹고 형제가 먹는 모습을 지켜보는 것만큼 허망한 일도 없으니까. 한 숟가락만 달라고 애원할 명분도 없으니까. 그럼에도 언니는 처량한 눈빛을 보내는 내게 늘 제 몫을 조금 나눠주곤 했다.

우리 부부도 처음부터 나눠 먹는다. 음식을 큰 그릇에 담아 앞 접시에 덜어 먹지 않고, 각자의 접시에 미리 배분해 식탁에 올린다. 요리할 때도 미리 묻는다. 찜닭 감자 몇 개 먹을래? 군만두 몇 개 먹을 수 있겠어? 이런 방식에는 몇 가지 장점이 있는데, 함께 먹다가 음식이 줄어들 때의 긴장감을 느끼지 않아도 되어 좋다. 내 몫을 나의 속도로 먹을 수 있으니 편안하다. 그리고 가장 좋은 점은 자신이 먹는 양을 가늠할 수 있다는 점이다. 세세한 칼로리를 계산할 요량은 아니지만, 너무 푸지게 먹는 일을 피할 수 있는 것이다.

음식의 양뿐 아니라 영양소를 골고루 섭취했는지 확인할 수 있다는 점도 중요하다. 단백질이 충분한가? 탄수화물과 지방은? 비타민, 무기질, 칼슘은?

완전히 날것의 상태에서부터 출발한 재료가 얼마나 포함되어 있는지 생각한다. 조리하지 않은 채소, 해물, 고기 등 가공되지 않은 재료의 비율을 따져보는 것이다. 내가 지금 먹고 있는 것이 무엇인지 정확히 안다는 것. 그것이 자신의 식사를 직접 준비하는 일의 핵심이라는 걸 깨닫는 요즘이다.

● 오늘 배운 것: 가공 햄을 먹지 말자.

카스텔라 경단을 만든 날

아침에 눈뜨자마자 경단을 생각했다. 학창시절 요리 실습으로 만들어 먹었던 일이 꿈에 나온 것이다. 한입에 쏘옥 들어가는 작은 경단. 카스텔라 가루를 꼼꼼하게 묻힌, 포슬포슬한 토끼 꼬리 같은 그것! 아침 댓바람부터 발을 동동 구르며 경단을 사러 가자고 법석을 떨었다. 우선 면사무소 근처 떡방앗간에 가보자. 할머니들이 '다라이'에 쌀, 들깨, 참깨를 담아 머리에 이고 모여드는 곳. 거기 창가에 떡을 늘어놓고 팔던 걸 기억해냈다.

떡방앗간의 문은 잠겨 있었다. 두 손으로 눈썹 위에 우산 그늘을 만들고 가게 안을 들여다보는데, 막 밭일을 마친 차림의 어르신이 헐레벌떡 돌아오셨다. 사장님, 떡 있어요? 경단이요. 떡? 요즘 같은 여름에는 떡 안 팔지. 금방 상하는데. 네? 아직 초여름인데요? 사정은 읍내도 마찬가지였다. 몇 군데 떡방앗간에 들렀지만 전부 허탕이었다. 결국 마트에 들러 찹쌀가루 한 봉지와 카스텔라 한 봉지를 샀다.

집에 돌아와, 기억을 더듬어 만든… 건 아니고, 레시피를 검색해 휘뚜루마뚜루 만들었다. 소금을 조금 넣은 찹쌀가루에 뜨거운 물을 조금씩 부으며 익

반죽한다. 반죽이 완성되면 동그란 모양으로 빚어 끓는 물에 빠뜨린다. 반죽이 물 위로 떠오르면 모두 건져 찬물에 담갔다가 체에 밭쳐 물기를 뺀다. 강판에 살살 갈아 설탕을 섞은 카스텔라 가루를 묻혀 먹는다!

그나저나 학교에서 경단 만들기는 대체 왜 가르쳤던 걸까. (쓸데없이 추진력 폭발하는 오늘 같은 날이 아니면) 다시 시도할 일 없을 그 메뉴를 대체 왜? 20년도 훨씬 전의 기억을 꺼내보자면, 그날의 실습 메뉴는 소고기뭇국과 삼색 경단이었다. 여섯 명씩 조를 이루어 두 메뉴를 완성하는 미션이었는데, 문제는 평가를 한다는 거였다. 주어진 시간 안에 예쁘고 맛있게 만들되, 아무도 다치지 않고 주변은 청결해야 한다고 했다. 실습이 시작되고, 얼마 지나지 않아 사건이 터졌다. 뭇국에 넣을 무를 나박썰기하던 친구가 식칼에 손을 베인 거였다. 조용하고 말이 없던 그 애는 재빨리 상처 부위를 행주로 감싼 뒤 교복 재킷 안으로 손을 감추었다. 그 순간 그 애와 눈이 마주친 사람은 나뿐이었다.

손을 다친 친구의 얼굴도, 결국 어떤 식으로 끝났는지도 생각나지 않지만 그 장면을 본 뒤 혼자 끌탕을 했던 기억은 생생하다. 친구들에게 피해 주기 싫어서, 아니 정확히는 미움받기 싫어서 손을 감춘 그 애의 맘을 나는 완전히 이해했다. 비밀을 공유하며 그 애가 손을 감추는 일을 돕는 한편 피투성이가 된 손을 상상하며 끔찍한 기분을 느꼈다. 피가 모자라 그 애의 얼굴이 점점 하얗게 질리는 것 같은 착각도 들었다. 사실 그 모든 마음 아래에는 그 애의 상처가 들통나면 같은 조에 속한 내 점수도 깎일 거라는 불안이 있었다. 그 고약한 이기심에 나는 진저리가 쳐졌다.

첫 요리 경험이 피와 비밀과 자기혐오(왠지 주목받지 못한 심오한 영화 제목 같다!)로 끝난 탓이라고, 나의 형편없는 요리 실력을 변명하기 위해 이 얘기를 꺼낸 건 아니다. 그저 좀 더 즐겁게 배웠다면 어땠을까 싶다. 정해진 모양대로가 아니라 창의적으로, 덜 긴장한 상태에서 재료가 음식이 되는 과정을 경험했다면 좋았을 것 같다. 독소를 없애고 영양소를 섭취

할 수 있게 하면서 맛을 좋게 하는 요리 과정이란 단순히 굶지 않기 위해 하는 일도 아니고 좋은 점수를 받기 위해 하는 일도 아니라는 것. 요리하는 기쁨이 존재한다는 걸 배웠더라면, "맛없어도 즐거웠으니 괜찮아."라고 말하는 해맑은 낙관을 배웠더라면 어땠을까.

● 오늘 배운 것: 먹고 싶은 게 있다면 무턱대고 만들어보자. 오늘처럼!

도서관과 외식 규칙

매일 매 끼니 만들어 먹는 것처럼 썼지만, 사실 우리도 가끔 외식을 한다. 그런데 외식할 장소를 고르는 일이 여간 어려운 게 아니다. 밥을 직접 만들어 먹기 시작해서 그런 것 같기도 하고, 가끔 있는 이벤트인 탓에 실패하고 싶지 않아서 그런 것도 같다. 그런 이유로 외식 장소는 매우 신중하게 선택하는데, 그 기준은 내가 요즘 책을 구매하는 패턴과도 비슷하다.

비사회적인 무위의 시간을 보내는 요즘, 많이 읽는다. 읽는다기보다는 뜯어 먹는다는 표현이 맞을지도 모르겠다. 닥치는 대로 책을, 마구마구, 아구아구. 회사 다니느라 시간이 부족할 땐 졸음과 싸워가며 꼭 읽고 싶은 것만 선별해 읽었는데, 지금은 시간이 많으니 소설과 비소설, 번역된 책과 애초에 한글로 쓰인 책, 중견 작가의 작품과 신진 작가의 작품을 가리지 않고 고루 읽는다. 이틀에 한 권꼴. 읽고 싶고 또 읽어야 할 책은 많은데 그걸 다 사기엔 살림이 얄팍하니, 빌려 읽는다.

일단 펼친 책은 끝내야 한다는 강박을 얼마 전에 버렸다. 읽다가 싫어지면 덮어버리고 다른 책을 펼친다. 더 이상 시간을 할애하고 싶지 않아서다. 다른 의미에서 덮는 책도 있다. 이 책을 내 것으로 만든 뒤에 마저 읽고 싶어서, 뒷부분은 구입해 더 천천히 읽겠다는 결심으로 덮는 것이다. 최근에는 리베카 솔닛과 스가 아쓰코의 책이 그랬다. 어떤 책은 나이든 뒤에 다시 읽고 싶어서 산다. 『모든 것은 빛난다』와 『휘파람 부는 사람』이 그랬다. 책을 읽다가 너무 좋으면, 읽던 페이지에 손가락을 끼운 채로 책을 덮고서 책의 표지와 책등과 책의 뒷면을 이리저리 살피며 만진다. 아 너무도 사랑스럽구나 생각하며, 그 물성을 실감한다. 최근에 그랬던 책은 황정은의 연작 소설 『디디의 우산』, 그리고 봄날의 책 한국산문선 『나는 천천히 울기 시작했다』였다.

읍내 도서관에서는 한 번에 열 권씩 2주 동안 책을 빌릴 수 있다. 내가 빌리고 싶은 책은 늘 제자리에 있고 거기 없는 책은 사놓으라고 요청할 수 있으며, 나의 청은 아직까지 한 번도 거절당하지 않았다. 이곳에 없고 근처 다른 도서관에 있는 책은 '상호대차'를 신청하면 택배로 보내준다. 그런 서비스들에는 횟수 제한이 있어, 나의 먹이가 바닥나면 J의 놀고 있는 대출증을 이용하기도 한다. 도서 대출의 경쟁률이 제로에 가깝다는 점은 어쩌면 시골 사는 사람이 누릴 수 있는 가장 큰 혜택인지도 모른다.

그러나 도서관에 갈 때마다 나는 어쩐지 죄책감을 느낀다. 부끄럽고 송구하다. 작은 출판사에서 만든 책일수록 마음은 더 무겁다. 공들여 만든 것을 공짜로 훔쳐보는 것 같은 죄책감. 그저 공공 서비스를 이용하는 것뿐이라고 뻔뻔하게 우겨볼까. 아무튼 모두 사서 읽기에 요즘 나의 독서량은 많고 수입은 적다는 것, 나름대로 성실하게 나의 한도를 꽉 채워 희망도서를 신청하고 있다는 것, 빌려 본 책 중 한두 권은 꼭 구매한다는 것이 하나 마나 한 나의 변명.

외식 역시 책을 사는 일과 비슷한 과정을 거치게 된다. 가끔 누릴 수 있으니 후보를 추리고 추려 후회하지 않을 것으로 선택해야 하는 것이다. 매우 신중하게 식당을 선택하다 보면, 식사에서 정말 중요한 게 무엇인지 알 수 있다. 요즘 내가 애정하는 메뉴와 식당은 아래 세 곳이다.

1. 돈가스

간판에는 보쌈, 족발, 낙지전골이라고 써두고는 엉뚱하게 돈가스를 파는 읍내의 '명종식당'. 주 고객은 근처 관공서에서 근무하는 (것으로 추정되는) 직장인들이다. 가게에 들어서면 인원수를 묻고, 양은 쟁반에 물컵을 내온다. 주문은 따로 안 받는다. 점심 메뉴는 돈가스 한 가지. 이 집의 돈가스는 각자 썰어 먹는 게 아니다. 제육볶음 2인분처럼 커다란 접시에 한꺼번에 나오고, 가위로 잘라서 먹어야 한다.

보통의 돈가스집 반찬으로 기껏해야 단무지, 인심 좋으면 김치까지 나오는 것과는 달리 이곳에선 갖가지 반찬을 내어준다. 바삭바삭한 돈가스도 맛있지만 콩나물국, 파김치, 열무김치, 어묵볶음, 단무지무침 등의 밑반찬이 이 집의 백미. 사장님이 오며 가며 돈가스가 얼마나 남았는지 살피고, 바닥이 드러나면 웃는 얼굴로 묻는다. 고기 좀 더 드릴까? 네, 더 주세요, 하면 새로 튀겨 와서 접시를 채워준다. 고기 좀 더 드릴까? 하는 질문은 손사래를 칠 때까지 계속된다.

2. 샤브샤브

샤브샤브는 집에서 먹는 게 최고라고 생각한다. 재료의 양과 신선도 때문에 실망하지 않아도 되고 좋아하는 채소만 골라서 준비할 수 있고 고기를 마음껏 먹을 수 있으니까. 그래도 밖에서 먹고 싶을 땐 차로 30분을 달려서 '정원'이라는 아름다운 이름의 식당에 간다. 이 식당은 한결같다. 무엇을 시키든 가장 먼저 나오는 강된장 보리비빔밥, 메뉴는 조금씩 변경되지만 언제나 간이 딱 좋은 반찬들, 김치, 신선한 채소.

우리는 민박 손님이 퇴실하는 오전 11시 이후에 청소를 마친 뒤 출발하기 때문에 늦은 점심을 먹을 수밖에 없다. 도착해서 주문하고 우리 몫의 음식이 나온 뒤에는 식당에서 일하시는 분들도 맨 안쪽 테이블에서 식사를 시작한다. 그분들은 사장님이 따로 준비해둔 스태프 밀을 끓이며 식사한다. 시끄럽진 않은데 화기애애한 분위기. 식사 후엔 여유롭게 커피를 한 잔씩 한 뒤 자리를 털고 일어난다. 그 장면을 볼 때마다 나는 이곳이 마음에 든다. 가게의 친절이란 나를 향한 상냥한 태도만을 의미하진 않는다고 생각한다. 사장과 종업원이 서로에게 친절하고 넉넉한 그런 집에 가서 밥을 먹고 싶다.

3. 콩국수

읍내의 작은 콩국수집, '명성 콩국수'. 1976년에 개업한 이곳에서는 근처 들판에서 수확한 콩만 사용하는데, 가게 안에는 콩을 수확해 납품한 농부의 명단이 붙어 있다. 할머니가 직접 담그신 엄청난 맛의 신김치를 입에 넣고 우물거리다가 진득진득한 국수 한 젓가락 후루룩 마시듯 삼키면, 그야말로 아름다운 맛, 포근한 맛이다. 콩국수 한 그릇에 6,000원. 서울에선 커피 한 잔 값이다.

여름이 시작될 때마다, 기력이 쇠했다고 느낄 때마다 우리는 그곳에 간다. 수수하고 한결같은 식당. 세상의 모든 면 요리 식당 중 내가 유일하게 바닥까지 싹싹 긁어 먹는 곳. 음식에 대해, 식당에 대해 처음으로 '소중하다'는 느낌을 받은 곳.

● 오늘 배운 것: 사 먹는 게 이토록 즐거운 일이었다니?

글쓰기와 요리

글을 잘 쓰고 싶다는 열망을 품었을 때, 내가 처음 한 일은 글쓰기와 관련된 책을 읽는 거였다. 구매한 책이 스무 권쯤 되고, 빌려서 본 책도 그쯤 된다. 남들의 실패담과 성공담, 조언과 책망을 듣는 것마저 즐거웠다. 그만큼 커다란 열망이었다. 그다음으로 한 일은 필사였다. 너무 사랑해서 세 번 네 번 읽은 소설을 똑같이 타이핑했다. 필사한 파일을 따로 모아 읽고 또 읽고 다시 필사하고. 집착에 가까운 일이었다.

음식을 만들어봐야겠다고 마음먹었을 때도 책을 먼저 사들였다. 처음에는 단순한 조리법과 사진이 담긴 레시피북이었고, 그다음은 요리 관련 에세이, 그다음이 영양과 식사에 관한 좀 더 학술적인 책이었다. 이 시점에서 나는 글쓰기와 요리의 공통점을 발견하게 된다. 책(만) 읽는 건 만고 쓸데없다는 사실.

소설가 줄리언 반스는 『또 이따위 레시피라니』라는 책에서 불친절한 레시피가 늦깎이 요리사에게 어떤 영향을 끼치는지 낱낱이 고발했다. 그것이 얼마나 불친절하며 애매한지, 초보들을 얼마나 분노하게 하는지. 나 역시 요리책이 말하는 지나치게 많은 재료와 복잡한 요리 과정에 당황하고, '조금', '한 덩이', '한 꼬집' 등의 모호한 계량 단위(그중 최고봉은 역시 '한 소끔'이다.)에 분노했다. 살캉하게 삶는 건 뭐고, 삼삼하게 절이는 건 또 뭐지?

정량화된 레시피는 그중 하나라도 빠지면 이상해진다는 것도 알게 되었다. 기계처럼 레시피를 따라 하는 게 요리 실력 증진으로 이어지지 않는다는 것도. (필사가 완전한 글쓰기 연습이 아닌 것과 같은 이치일까?) 그렇다면 영상은 좀 도움이 되려나? 나는 책을 내려놓고 유튜브와 인스타그램으로 눈을 돌렸다. 남들이 요리하는 영상은 이상한 중독성이 있어서 하루 종일도 볼 수 있었다. 문제는 그들의 노련한 손놀림을 보며 처음엔 '나도 꼭 만들어봐야지.' 하다가 점점 요상한 방향으로 결론이 흘러간다는 것이었다. 저 도마 어디서 샀을까? 저 칼 잘 썰리는데? 저 탈수기를 사야겠어! 요상한 결론이 나만의 문제는 아닌 듯했다. 영상에 달린 댓글 중 대다수가 "도마(혹은 칼 혹은 탈수기) 구매좌표 좀여!"인 걸 보면 말이다.

아무것도 떠오르지 않아도, 안 멋진 말만 쓰더라도 책상을 떠나지 않는다는 것이 글쓰기의 첫 원칙이다. 버티고 앉아 읽고 생각하다 보면 뭐라도 쓰게 된다. 써지지 않을 땐 써지지 않는다고 쓴다. 음식도 마찬가지. 되도록 자주 주방에 서서 이것저것 만들어봐야 자기 것을 갖게 된다.

오늘도 J가 말해준 원칙을 생각하며 주방으로 출격한다. "망친 음식이란 건 없어. 짜지만 않으면 먹을 수 있으니까."

● 오늘 배운 것: 망친 음식도 가끔은 있더라.

두부와 만두의 날들

"사람이 온다는 건/ 실은 어마어마한 일이다/ 그는/ 그의 과거와/ 현재와/ 그리고/ 그의 미래와 함께 오기 때문이다/ 한 사람의 일생이 오기 때문이다"라던 정현종 시인의 시「방문객」한 구절을 감히 변형해본다면, 사람이 온다는 것은 실은 어마어마한 일이다. 한 사람의 식성이 함께 오기 때문이다.

요즘 식사 준비가 귀찮아질 때 자연스럽게 나오는 말. "만두나 쪄 먹을까?" '자연스러운 만남 추구'라는 뜻의 '자만추'라는 시쳇말이 있던데, 그것이 요즘의 내겐 '자연스럽게 만두 추구'쯤 되려나. 쪄 먹고, 구워 먹고, 국으로 끓여 먹고, 국에 들어 있는 만두를 숟가락으로 으깨서 죽처럼 먹고, 바싹 튀겨서 매콤한 쫄면에 곁들여 먹고. 다양한 방식으로 먹는다. 몇 년 전의 나를 떠올리면 믿기 힘든 장면이다. 나는 별 맛 안 나는 흐물거리는 식감의 두부를 싫어했고, 식재료를 으깨서 뒤섞은 음식도 싫어했다. 그러니 두부를 으깨 만든 만두는 당연히 싫었다.

그런데 J는 두부의 담백한 맛을 사랑하는 만두 귀신이다. 결혼한 뒤 얼마 동안 떡만둣국을 끓이면 나는 떡 너는 만두였다. 된장찌개를 끓이면 내 그릇에 두부는 한두 조각만 담고 나머지는 모두 J의 그릇에 담곤 했다.

며칠 전에는 순두부찌개를 끓였다. 흐물거리고 맵다는 이유로 잘 사 먹지도 않던 메뉴여서 그 맛이 잘 기억나지 않았다. 일단 몇 가지 레시피를 찾아보기로 했다. 백 선생님은 양념을 볶아 만든 뒤에 맹물에 그것을 풀고 순두부와 부재료를 몽땅 넣고 끓이는 방식, 김 선생님은 육수에 돼지고기와 양파, 고추기름 등을 빠뜨려 끓이다가 양념해 간 맞추고 조개와 순두부를 넣는 방식, 그리고 장 선생님은 고기와 김치, 마늘을 먼저 볶다가 고기 국물을 넣고 순두부와 조갯살, 고추기름을 넣고 끓이는 방식이었다.

레시피가 여러 갈래일 땐 중요한 것만 기억하고 그 기억에 의존해서 만들기로 했으므로, 그 원칙을 따르기로 했다. 고추기름을 따로 만들어두고, 간 고기를 볶다가 물을 붓고 채소와 두부를 넣었다. 순두붓국이 되었다. 순두부가 둥둥 떠다니는 빨간 국. 그냥 국처럼 먹었다. 그리고 얼마 뒤 다시 도전했다.

지난 실패를 기억하며 물을 적게, 이렇게 적게 넣어도 되나 싶을 정도로 적게 넣었다. 그런데 이번엔 해감이 문제였다. 동죽 조개를 물에 담가 소금 한 큰술 넣고 덮어두었는데 소금의 양이 문제인지, 고운 소금을 쓴 게 문제인지, 30분만 담근 것이 문제인지 알 수 없지만, 식당에서 먹었다면 미간을 찡그리며 '이 집 다시는 안 올 테야, 기본이 안 되어 있잖아!'라고 마음속으로 소리쳤을 만한 상태였다. 해변에서 슬리퍼 신고 모래 밟을 때 들려야 할 소리가 입속에서 나는 것이었다. J는 괜찮다고 했지만 그의 입속에서 지근거리는 소리가 식탁 너머 내 귀에까지 들렸다.

그래도 고추기름 만들어 넣고 고춧가루 팍팍 뿌리고 청양고추도 두 개 썰어 넣은 순두부찌개는 겨울의 한가운데에 있는 그 순간, 우리에게 꼭 필요한 음식이었다. "크어어어!" 신음하며 한 그릇씩 뚝딱 먹고 콧물을 팽팽 풀었더니 아침부터 맹맹하던 콧소리가 사라졌다.

다시 처음의 시로 돌아가, 사람이 온다는 건 실은 어마어마한 일이다. 그가 과거에 먹었던 것들의 추억과 현재의 음식 취향과 그리고 미래의 식사 계획이 함께 오기 때문이다. 우리가 서로의 식성을 닮아간다면 필경 환대가 될 것이다.

● 오늘 배운 것: 해감할 땐 물 1리터에 굵은소금 한 숟가락을 넣어 녹인 뒤 두 시간 이상 두어야 한다. 숟가락을 함께 넣으면 시간을 단축할 수 있다고 한다.

시골에서 네 살을 더 먹었다

1월이 되니 뜬금없이 몇 년 전, 그러니까 패션 에디터였던 시절의 시무식이 떠오른다. 우수한 실적을 낸 팀에게 표창장을 주고 팀장이 상을 받으러 나가면 팀원들이 우우 소리를 지르며 환호하고, 대표가 근엄한 소리로 올해의 목표를 공표하는 것까지는 이전의 시무식과 다르지 않았다.

　　그날의 가장 중요한 이벤트는 따로 있었으니, 전 직원이 모인 자리에서 이사인지 상무인지 아무튼 새로 부임한 높은 사람을 소개하는 것이었다. 보통의 직장인이라면 괴상한 낙하산 인사에 관하여, 그에 따라 앞으로 자신이 어떤 정치적 액션을 취하면 좋을지에 관하여, 더 나아가 이 회사의 미래에 관하여 고민했겠지만 나를 포함한 내 주변의 패션 에디터들은 다른 고민에 빠졌다. 평소라면 비뚜름하게 짝다리로 서서 이거 대체 언제 끝나냐며 세상 바쁜 척을 했을 우리지만, 그날만큼은 다 같이 호기심이 동했던 것이다. 저 코트는 이번 시즌 셀린느가 확실한데, 스커트는 뭔지 모르겠네? 보테가 베네타 아니야? 아니야, 이번에 저런 패턴은 없었는데, 좀 지난 에르메스인가?

열띤 토론 끝에 신임 이사인지 상무인지의 스타일에 관한 평을 마치고 그 룩을 완성하기 위해 머리부터 발끝까지 얼마쯤의 돈이 필요한지 그 총액이 산출되었을 즈음 비로소 시무식이 끝났다. 우리는 입을 모아 말했다. "흠, 여태껏 가장 흥미로운 시무식이었군!"

시무식이 없는 새해를 맞이한 게 올해로 다섯 번째다. 신상품은 마치 파도처럼 쉬지 않고 밀려오고, 헌 상품은 거품이 되어 멀어지던 세계, 지난 시즌 컬렉션과 이번 시즌 컬렉션이 어떻게 다른지 그 미세한 변화를 진지하게 논하던 세계, 실체 없는 부러움과 열등감과 자부심으로 가득하던 가격 미정의 세계를 떠나 시골에 와서 지낸 지 햇수로 5년이다.

서울에는 오늘 미세먼지가 창궐했다는데, 서울에서 300km 떨어진 이곳 지리산 자락의 작은 마을에는 봄 같은 볕이 한창이다. 마당에는 몇몇 봄꽃들이 철모르고 피어났다. 헷갈릴 만한 날씨다. 마침 볕이 좋으니 오늘은 남은 겨울을 무사히 나기 위한 중요한 숙제를 할 참이다.

더 로우의 블랙 코트와 스텔라 맥카트니의 헤링본 재킷, 구찌 백이나 처치스 첼시 부츠, 그리고 남편의 준야 와타나베 재킷과 프라다 샌들 같은 것들을 모두 꺼내 마당에 늘어놓는다. 도시에서 큰맘 먹고 샀던 물건들이 옷장과 신발장 깊숙한 곳에 방치되었다가 이런 날 드물게 마당으로 나와 콧바람 쐬는 신세가 되었다. 점심시간 이후에 잠깐 제공되는 재소자들의 운동시간처럼 그들의 외출은 짧다. 자유의 시간이 끝나면 그들은 한 묶음이 되어 다시 방치될 것이다.

지난 4년은 파타고니아와 리바이스와 하바이아나스의 날들이었다. 편하고 질긴 옷을 입고서 춥게 살았다. 여행객들에게 아래채 방을 내어주고 숙박료를 받고, 배밭에서 꽃과 열매를 따고 일당을 받기도 하고, 원고료가 입금된 날엔 소고기를 사 먹었다. 고장난 집을 엄청 미워하다가 고친 뒤에 다시 사랑하게 되고, 새로운 사람들을 사귀고 멀어지고, 크게 상처받고 돌아와 웅크리고 누워 서로를 핥아주며 회복하고. 뭐 그런 시시한 날들이었다.

한 달은 긴데 1년은 짧았다. 하루는 길기도 하

고 짧기도 했다. 서울에서 오는 안부 메시지에 나는 잘 지내 너도 별일 없지 우리 얼른 만나자 하고 답했지만, 나는 잘 못 지내는 날도 많았고 상대는 별일이 있었으니 내가 생각났을 거였고 우리는 얼른 만나지 못할 것이었다. 하루를 분 단위로 쪼개 살던 시절의 그 가슴 뛰는 현장을 추억하며 허기를 느끼면서도 도시에서 두 주먹 꽉 쥐고 전력 질주하고 있는 친구들을 연민하는 이중적인 맘을 품고서, 아닌 척했다. 해 뜨면 부지런히 움직이다가 해가 지면 일하기를 멈추고 비가 오면 집 안에 머무는 삶. 어떤 날엔 나도 드디어 땅에 뿌리를 내리는구나 싶은 기분에 안도하다가 또 어떤 날엔 망망한 바다에 조각배 타고 떠다니는 것 같은 아득한 마음이 되기도 했다.

가끔 친구들을 만나면 하나도 안 변했네! 하며 놀란다. 나도 안다. 전혀 다른 환경에서 4년 넘게 살았지만 변한 건 거의 없다는 것을. 나는 여전히 이탈리아 브랜드의 유기농 화장품을 비싼 돈 주고 사서 바른다. 녹차로 유명한 동네에 살지만 커피만 줄창 마신다. 오일장에서 채소는 사지만 바닥에 늘어놓은

해산물은 안 산다. 귀촌 첫 해에 텃밭 농사를 경험한 뒤로는 채소가 아니라 꽃만 심는다. 김치는 물론 효소나 장아찌 따위를 항아리에 담아 땅에 파묻을 것 같지만, 엄마나 시엄마나 옆집 할머니에게 김치를 얻어 먹는다. 뒷산이 지리산인데 집 밖에 안 나가는 날이 더 많다. 아무도 미워하지 않고 하루를 보낼 수 있을 것 같았는데, 그러지 못한 날이 더 많다.

그러나 변한 부분도 없진 않을 것이다. 나는 이곳에서 세끼 밥을 직접 지어 먹는 사람, 꽃과 나무를 가꾸는 사람, 마당의 열매를 거두어 멀리 있는 이들에게 보내는 사람, 자연을 진심으로 두려워하는 사람이 되었다. 도시에서 막연히 꿈꾸던 자연은 고요한 것이었는데 실제로 겪어보니 자연은 끊임없이 떠들어댔다. 한없이 넓은 아량으로 품어줄 것 같다가도 악악거리며 바람이며 폭우며 번개며 지진 같은 것으로 으름장을 놓았다. 그런 밤이면 집에 틀어박혀 산짐승처럼 오들오들 떨면서 앞으로 착하게 살겠다고 기도했다. 땅의 모든 것을 재배치할 것 같은 큰비가 밤새 내려도 아침이 오면 능청스럽게 해가 반짝 나왔다. 햇살 맞으며 새들이 다시 짹짹거리는 통에 간밤의 기도는 쉽게 잊히곤 했다.

　이악스럽게 생명을 이어가는 자연을 가까이 느껴질수록 인간들의 선택이 얼마나 잘못된 방향으로 가고 있는지, 우리가 얼마나 나쁜지 실감하게 되었다. 지난 4년 사이에 더 나빠진 것들, 이를테면 과대 포장이나 얼음팩이나 플라스틱 같은 것들을 나는 진심으로 걱정하게 되었다.

　미래의 트렌드를 예측하던 과거의 내가 오늘 먹은 과일의 씨앗을 틔워 미래의 나무로 가꾸는 사람이 된 것은 순전히 이 집의 공로다. 이 작고 아름다운 집에서 나는 거짓말로 꾸미지 않고 궁상을 벗어나는 법에 대해, 가난해도 품위를 지키는 일에 관해 생각했다. 지난 쇼핑의 카드값을 메우기 위한 돈이 아닌, 순수하게 먹고살기 위한 5만 원 8만 원 그런 것들에 대해 처음으로 생각했다.

　시간이 잠시 정지하고 생활이 재정비되는 경험을 하는 사이 나는 네 살을 더 먹었고, 이제 또 다른 선택을 눈앞에 두고 있다. 다시 생활은 요동칠 것이다. 새로운 환경에 적응하는 새해가 될 것이다. 그러나 나는 의외로 담담하다. 그래봤자 다들 하루 세끼

밥 먹고 살겠지 뭐. 나는 끼니를 해결할 줄 아는 사람이 되지 않았나. 그런 자신감으로 부딪쳐보는 수밖에.

● 오늘 배운 것: 변덕을 부끄러워하지 말자.

이삿짐을 꾸리며 1

2014년 여름. 태어나 처음으로 인감도장이란 걸 만들었다. 구둣방만큼 좁은 가게에서 도장을 파던 사장님이 웃으며 물었다. "좋은 일 있으신가 보네?" 젊은이가 와서 인감도장을 만들 때엔 대개 거대한 무언가를 사기 위해서란다. 집이나 자동차. 맞다. 내 경우 집이었다. 작은 아파트를 J와 나의 공동명의로 사게 된 것이다. 막도장의 시절이 막을 내리고 인감 도장의 시절이 시작되었다는, 이상한 성취감을 느끼며 엄지손가락만 한 나무토막에 내 이름 세 글자가 새겨지는 걸 구경했다.

집을 거래하는 데 필요한 것은 인감도장 말고 또 하나 있었다. 주민등록 초본. 이것은 한 단계 레벨을 높여 어른이 되는 공식 같은 것인가? 막도장 지나 인감도장, 등본 지나 초본. 도장집 옆 구청에서 발급받은 초본은 예상보다 두툼했다. 그대로 봉투에 넣어 보관했다가 잔금 치르는 날 부동산에 들고 가면 될 일이었지만, 서류란 마땅히 그 정도의 관심만 받으면 되는 종류의 사물이건만, 나는 처음 보는 그 것의 내용이 궁금해졌다. 거기엔 내가 태어나 살았던 집들, 열 군데가 훌쩍 넘는 그곳들의 주소가 순서

대로 기록되어 있었다. 마치 나이순으로 정리된 사진첩처럼, 기억에서 잊힌 것들까지 빠트림 없이 꼼꼼하게. 성실한 그 나열을 훑어보는 동안 나를 성장시킨 집들이 머리를 스쳐갔다. 해가 정수리 위에서 이글거리는 여름의 한낮이었다. 차가 쌩쌩 달리는 사차선 도로 옆 인도였다. 나는 선 그 자리에서 그만 말뚝이 되었다.

한 해 걸러 한 번씩 이사를 다니던 시절의 일이다. 2년은 짧았고 이삿날은 빠르게 돌아왔다. 이사하고 짐 정리를 하고 몇 번의 명절을 치르고 나면 다시 그날이었다. 이사도 짐 정리도 몇 번의 명절도 모두 엄마의 몫이었다. 어느 날 학교를 마치고 집에 돌아오면 집 한쪽 구석에 상자가 몇 개 쌓이기 시작했다. 상자 더미는 날마다 조금씩 높아졌다. 상자가 높아진다는 건 이삿날이 다가온다는 뜻이었다. 엄마가 하루 종일 이삿짐을 꾸린다는 뜻이었다. 출근한 남편과 학교 간 아이들을 대신해서 홀로. 2년은 짧았고, 여섯 식구 짐은 너무 많았다.

한 달 동안 찬찬히 짐이 쌓이고, 마침내 디데이

가 되면 엄마는 아침 일찍 일어나 목에 수건을 두르고 허리춤에 전대를 매고서 미리 얼려둔 생수병을 꺼냈다. 화물차를 끌고 온 아저씨들의 움직임을 감시하는 심판이었다가, 후방을 지키는 수비수가 되었다가, 소리치며 작전을 지시하는 감독이 되기도 하고, 급할 땐 전방의 공격수가 되어 직접 짐을 날랐다. 그날만큼은 다양한 포지션으로 활약하는 엄마였다. 처음으로 새 아파트에 입주하던 날도, 가세가 기울어 집을 팔고 세를 얻어 들어가던 날도, 고층 아파트를 떠나 5층짜리 작은 빌라로 이사 가던 날도 엄마는 같은 모습이었다. 목에 수건을 두르고 벌건 얼굴로 2리터짜리 생수를 벌컥거리던.

지난 일들이 새삼 떠오른 건 나의 이삿날이 다가왔기 때문이다. 우리는 시골에서 도시로 돌아가기로 결정했다. 2020년 1월 27일. 빌리 아이리시가 연두색 구찌 오버핏 슈트를 입고 그래미 어워즈 무대에 올라 다섯 개의 트로피를 휩쓸던 그 시각, 나는 짐 더미 사이에서 허우적대고 있었다. 읍내에서 한 묶음에 3,000원씩 주고 두 묶음 사 온 신문지, 인터넷으로 주문한 박스 육십 개를 이용해 집 안의 모든 짐을 꾸리기 시작한 지 7일째 되는 날이었다. 여러 사람이 신발을 신은 채로 집 안으로 침입해 후루루룩 짐을 싸고 커다란 트럭에 실어 이동해 우르르르 짐을 쏟아 대충 정리해주는, 이른바 '포장이사'라는 놀라운 제도가 있는데도 우리는 이 고생을 자처했다.

지금 집과 나중 집의 잔금일이 다르다는 점, 나중 집을 보수할 시간이 필요하다는 점, 그리고 두 집 사이의 거리가 353.2km라는 점 때문에 이사 비용이 짐작했던 것의 세 배에 달했다. 커다란 가전과 가구를 모두 두고 가는 마당에 그 비용을 쓰고 싶진 않았다. 그 선택엔 4년 전 시골로 내려오면서 물건을 많이 줄였다는 자신감도 작용했을 것이다.

우리는 직접 짐을 싸기로 했다. 별거 있어? 박스 만들어 물건 넣고 테이프로 붙이면 그만이지. 결론부터 말하자면 어리석은 선택이었다. 용기를 얻고 싶을 때마다 내가 자주 사용하는 네 글자, "별거 있어?"의 마법이 이번엔 통하지 않았다. 눈에 보이는 물건을 포장하는 일은 말 그대로 별거 없다. 진짜배기 노동은 따로 있었다. 그것은 감춰진 것들을 꺼내는 일로 시작된다. 깊은 서랍과 옷장 구석, 세탁실, 보일러실, 앞 창고와 뒤 창고 같은 곳을 뒤집어엎어야 하는 것이다. 얼굴 수건이라기엔 더럽고 걸레라기엔 깨끗한 타월들, 플라스틱 반찬통, 연주된 적 없는 악기, 죽 만드는 기계를 포함한 각종 소형 가전들, 낡은 키친 클로스, 여행지에서 사 모은 장식품 따위의 너절한 세간이 두서없이 쏟아져 나왔다.

사용하지 않지만 버릴 수도 없는 물건들. 그것들이 모여 있는 공간을 편의상 '맨 아래 서랍'이라고 칭하겠다. 나의 '맨 아래 서랍'의 역사는 첫 책상을 선물받았던 십대에 시작되었다. 귀여워서 샀는데 쓸 데는 없는 수첩, 엽서, 스티커, 책갈피, 종이접기, 고장 난 인형, 고장 난 인형의 옷, 고장 난 인형의 옷에서 떨어져 나온 구슬 장식. 그런 것들이 내 책상의 맨 아래 서랍을 채웠다.

그때나 지금이나 왜 어떤 물건들은 저런 식으로 존재하나? 많이 버렸다고 생각했는데 어째서 그대로인가? 총량은 변함없이 양상만 조금씩 달라지는 걸까? 이곳은 세 살 버릇이 여든까지 간다는 진리가 구현된 현장인가? 왜 이리도 끈질기게 줄기차게 구차한가! 갈피마다 포진되어 있는 하찮은 물건들을 보며 나는 환멸을 느꼈다. 악착같이 따라붙어 추억이라는 말로 나를 설득하며 산뜻한 출발을 방해하는, 만고 쓸데없는 찌꺼기들!

남들이 포장해서 옮긴 뒤 나 대신 은폐해줄 때에는 잘 안 보이던 그것들을 맞닥뜨리는 건 벌거벗는 일과 비슷했다. 부끄러웠다. 어쩌면 '맨 아래 서랍'은 우리 모두의 집에 존재할지도 모른다. 그것을 직접 열어 대면하는 일 역시 우리 모두에게 필요한 일일지도 모른(다. 하지만 양심상 추천은 하지 않겠)다.

도시에서 시골로 올 때 나의 연구 대상은 드레스룸이었다. 패션지 에디터로 일하면서 자연스럽게 늘어난 수십 수백 벌의 옷더미를 정리하며 세운 두 가지 원칙이 있다. 하나, 지난 1년 동안 사용하지 않은 물건은 처분할 것. 둘, 용도가 비슷한 물건은 하나만 남기되, 그 하나는 오래 사용할 수 있는 최상의 품질일 것. 옷을 내다 버린 이유는 시골집에 드레스룸이 따로 없기 때문이었는데, 정리하다 보니 그 많은 옷을 사들여 끼고 살았다는 게 좀 혐오스럽게 느껴지기까지 했다. 혀를 깨물고 처분한 끝에 드레스룸은 제법 홀쭉해졌다.

다시 현재로 돌아와, 시골에서 도시로 돌아가기로 결정한 지금, 나의 연구 대상은 주방이다. 시골 주택과 도시 아파트의 구조가 다르기 때문이다. 집의 크기는 비슷하지만 주방이 훨씬 작아진다. 4년 전 옷장에 던졌던 '이게 꼭 필요한가?'라는 질문을, 이제 주방을 향해 던져본다.

● 오늘 배운 것: (한 번도 안 쓴) 죽 만드는 기계는 대체 어디에서 왔는가 하루 종일 고민했는데, 홈쇼핑으로 착즙기를 사고 받은 것이었다. 사은품에 주의하자.

이삿짐을 꾸리며 2

주방 살림을 줄일 때 가장 먼저 심판대에 오른 물건은 전기밥솥이었다. 나는 밥에 대해 까다롭고, 밥통에서 보온 과정을 거친 밥을 싫어한다. 우리가 끼니마다 새 밥을 지어 먹는 건 나의 그 고약한 면 때문이다. 보온 기능을 사용하지도 않는데 꼭 전기밥솥을 사용해야 할까? 라는 의문이 들었다. 내솥의 코팅이 조금씩 벗겨진다는 점도 불안했고, 기계의 구석구석을 모두 닦을 수 없으니 찜찜한 느낌도 들었다.

그렇다면 대안을 먼저 마련해보자. 우선 냄비 밥을 만들어봤다. 스테인리스 냄비에 밥을 지어보니 생각보다 괜찮았다. 맛도 좋았고. 다만 거기에 온 신경을 집중해야 한다는 게 부담스러웠다. 결국 우리가 선택한 건 작은 압력밥솥이었다. 쌀 한 컵 반에 물 한 컵 반을 넣고 밥을 지어보니 바닥이 탔다. 다음에는 물 네 컵. 이번엔 죽이 되었는데 진밥을 좋아하는 남편은 만족했으나 나는 아니었다. 다음은 세 컵. 센 불에 끓이다가 김 빠지는 소리가 나면 5분 타이머를 맞추고 중약불로 줄인다. 5분 뒤 불을 끄면 끝. 고슬고슬 윤기 나는 새 밥을 먹는 기쁨도 크고 무엇보다 밥통 전체를 싹싹 닦아 말릴 수 있다는 점이 무척 마음에 들었다.

다음은 프라이팬을 정리할 차례. 결혼할 때 샀던 휘슬러 코팅팬이 수명을 다한 뒤, 의문이 생겼다. 함께 샀던 5종 냄비 세트는 멀쩡한데 프라이팬은 왜 6년 만에 사망했을까? 찾아보니 6년이면 오래 사용한 거였다. 보통의 코팅팬은 6개월이나 1년 정도 사용하면 바꿔야 한다고. 코팅 성분 때문에 사용할 때에도 조심스럽지만 1년마다 새로운 걸 사야 한다는 게 끔찍하게 느껴졌다. 할인가에 혹해서 샀지만 사용할 줄 몰라 보관해두었던 스테인리스팬을 꺼냈다. 달걀프라이를 하려다가 달걀 화석을 만들고 당황했던 기억을 애써 외면하며 블로그, 유튜브 등을 검색해 여러 과정을 거쳐 내가 익힌 방법은 아래와 같다.

1. 프라이팬을 중불에 한참 올려둔다.
2. 물방울을 떨어뜨린다. 이때 방울이 파스스 증발하면 좀 더 기다린다. 방울이 매끄럽게 또르르 구르며 하나로 합쳐지면 예열 완료.

3. 기름을 두르고 좀 더 기다린다.

4. 기름이 아지랑이 같은 모양을 내면 예열과 시즈닝 완료!

파스스, 또르르, 아지랑이 같은 애매한 표현을 용서하시기를. 나도 다른 이들의 체험기를 읽으며 대체 뭐라는 거야? 소리쳤지만 겪고 보니 이건 이럴 수밖에 없는 문제다. 아무튼 이 방법대로 사용하면 정말 편하다. 혹시 잘못해서 태우면 수세미로 박박 닦고, 그래도 벗겨지지 않는 부분은 베이킹 소다 넣은 물을 끓이면 말끔해진다. 새로 산 것처럼 빤질빤질한 스테인리스팬을 바라보는 기분이 흡족하다. 이걸 할머니가 될 때까지 쓸 수 있다고 생각하면 사랑스럽기까지 하다.

세상에는 수많은 주방 도구가 존재한다. 그 카테고리는 날이 갈수록 세분화되어 저런 게 다 있나 싶을 정도다. 달걀 삶는 에그 스티머나 요거트 메이커는 이해할 수 있다. (사실 나도 갖고 싶다.) 그런데 병뚜껑을 따주는 자동 기계나 체리 씨를 발라주는 체리 촘퍼 같은 것은 아무래도 좀 의아하다. 아무튼, 나는 그런 걸 사지도 않았는데 주방이 왜 꽉 차 있는 거지? 살금살금 늘어난 작은 주방 도구들은 자각하기 어렵고, 한 번 늘어나면 줄이기 힘들다. 예쁜 달걀프라이를 만들기 위해 샀던 동그란 틀, 그릇장에 감금되어 있던 그릇들과 이 빠진 컵, 수십 개의 커트러리, 뻘겋게 물든 플라스틱 반찬통. 모두 버려졌다. 전기 잡아먹는 귀신이 되어버린 낡은 오븐, 오래된 식기 건조대, 프라이팬, 전기밥솥과 함께.

버려진 것들은 일반 쓰레기와 재활용 쓰레기, 스티커를 부착할 폐기물 등으로 나뉘어 차에 실렸고, 차는 여섯 차례 집과 쓰레기장을 오갔다. 그리고 대망의 이삿날 아침. 내려올 때 5톤이었던 이삿짐이 올라갈 땐 1톤 트럭 두 대에 모두 실렸다. 두 번째 트럭은 반도 못 채웠으니 1.3톤쯤 되려나. 얼기설기 짠 초록색 그물로 짐을 고정한 트럭. 옛날 드라마에서 달동네 사는 식구들이 이사할 때 등장하던 궁기가 더덕더덕한 이삿짐 트럭이 부르릉 몸을 떨더니 시골집을 빠져나갔다. 먼길을 떠나는 트럭의 뒷모습을 바라보며 마당에서 잠시 해바라기를 하다가 활짝 피어난 동백꽃을 발견했다. 올해 첫 꽃. 야속하게 예쁜 꽃이었다.

　　4년 동안의 시골 생활이 마침내 마침표를 찍는 순간. 텅 빈 집을 둘러보니 묘한 기분이 되었다. 그것은 내가 있어야 할 곳으로 돌아간다는 기분도, 꿈꾸던 일을 끝내 실패했다는 기분도 아니었다. 두꺼운 책의 마지막 책장을 덮는 기분이었다. 그 책의 첫 장을 펼칠 때의 마음과는 달랐다. 물건을 모두 치우면 흰 도화지처럼 보이는 도심의 아파트와는 딴판으로, 우리가 짓고 칠하고 고치며 정붙인 땅집은 텅 비어도 우리의 집처럼 보였다. 우리처럼 보였다. 4년은 짧은 세월이 아니어서 암만해도 섭섭했다. 허무했다. 애증하던 이와 영영 이별하는 기분이었다. 내 손으로 쓸고 닦으며 소중히 여기던 집 안 구석구석을 눈에 담는 동안 나는 오래전 읽은 책의 한 구절을 떠올렸다. 옛 남자 앞에 청첩장을 들고 나타난 주인공. 자신의 결혼 소식을 듣고 격렬하게 흐느끼는 그의 앞에서 그녀도 운다. 그리고 자신의 눈물에 관해 명쾌하게 해석한다.

나의 눈물에 거짓은 없었다. 이별은 슬픈 것이니까. 그러나 졸업식 날 아무리 서럽게 우는 아이도 학교에 그냥 남아 있고 싶어 우는 건 아니다.

— 박완서, 『그 남자네 집』 중에서

우리도 떠나야 했다. 살아 있다는 이유로 이삿짐에 묻어가지 못한 일곱 개의 화분을 싣고 도시로 향하는 길. 고속도로를 달리는 동안 나는 태어나 처음 보는 장소를 구경하듯 창밖을 내다보고 있었다. 긴 출장이나 여행을 마치고 돌아와 인천에서 공항리무진으로 갈아타고 서울로 향하던 그 많은 날들처럼, 흥분과 안도와 불안과 아쉬움이 범벅된 채로 몽롱하게, 돌아간다.

점잖게 차려입은 사람들이 아침 일찍 일어나 커다란 빌딩으로 향하는 곳. 그 빌딩에서 있었던 문제를 해소하기 위해 또 다른 빌딩으로 들어가 먹고 마시고 울분을 토하며 다시 힘을 얻는 곳. 안도와 편리를 얻기 위해 기꺼이 돈을 지불하는 곳. 자동차 바퀴에 진흙 묻힐 일이 거의 없는 곳. 노인정보다 놀이터가 많은 곳. 그곳으로 간다. 다시 군민(郡民)이 아닌

시민(市民)이 되러 간다. 지금의 절박한 상황을 벗어나도, 나는 직접 요리하는 쪽을 택하게 될까. 그건 가보면 알게 될 일이다.

● 오늘 배운 것: 이삿짐은 직접 싸지 말자. 약값이 더 든다.

(도시에서)

꽃을 파는 마트

파리로, 뉴욕으로, 런던으로, 밀라노로 해외 출장을 다니던 시절의 일이다. 한 번 가면 일주일 정도 한 호텔에 묵으며 일정을 소화했는데, 도착한 첫날 저녁엔 호텔 근처에 있는 슈퍼마켓으로 갔다. 백화점만큼 흥미로운 슈퍼마켓을 시간을 들여 천천히 둘러보고 생수와 과일, 스낵, 그리고 꽃 한 다발을 사곤 했다. 그 도시를 떠나는 날까지 호텔 방을 장식해주는 꽃이었다. 가격표를 붙여 식재료와 같은 방식으로 진열해둔 꽃다발은 접근하기 쉬웠다. 서울에서 창 너머로 꽃 이름과 가격을 물어볼 때 느끼던 마음의 부담이 없었다. 예쁘고 저렴하고.

놀랍게도 시골에서 같은 경험을 했다. 집에서 차로 40분 걸리는 한 마트에서 꽃을 팔았다. 비닐로 둘둘 싸서 자주색 '바케쓰'에 담아둔 푸짐한 꽃다발이 어느 날엔 3,000원 어느 날엔 3,500원. 꽃의 종류도 날마다 다른데, 봉지 겉면에 붙어 있는 명함의 주소로 보아 근처 농원에서 납품하는 것 같았다. 앳된 얼굴의 새댁이나 꼬부랑 할머니가 마트 입구에 놓인 바케쓰 앞에서 걸음을 멈추고 몇 초 동안 구경하는 장면을 보는 게 좋았다. 묵직한 장바구니를 들고 다

른 손엔 꽃 한 묶음 들고 제각기 집으로 돌아가는 사
람들의 뒷모습을 지켜보는 게 좋았다.

그곳의 농산물도 꽃과 같은 방식으로 유통된다.
근처 농민들이 직접 납품하는 직거래 마트다. 이곳
에서 물건을 구매한 뒤 받은 영수증에는 품목이 이
렇게 찍혀 있었다.

이순희 대파 1,500원

박귀숙 상추 1,500원

서선희 치커리 1,300원

박정난 표고버섯 2,800원

황인태 밤 3,000원

김옥희 깻잎 1,100원

김승기 부추 1,400원

이런 식이다. 박정난 선생님의 향긋한 표고버섯
과 서선희 선생님의 치커리, 박귀속 선생님의 상추
를 저렴한 가격에 사다 먹었다. 그곳에서 주로 신선
한 농산물을 사고, 꽃을 구경하고, 꽃을 구경하는 사

람들을 구경한 뒤 돌아오곤 했다. 직접 꽃을 산 적은 없었다. 이 책이 출간되는 날, 그곳에서 꽃을 사 오려고 다짐을 했었다. 한 단 말고 두세 단 사다가 풍성하게 꽂아두고서 평범한 식사를 마련해 먹으며 둘이서 자축할 생각이었다. 그런데 인생 뭐 계획대로 되던가. 한 번도 꽃을 사지 못하고 우리는 도시로 돌아왔다.

도시로 돌아온 뒤 식재료 쇼핑에 관하여 길을 잃은 기분이 되었다. 어쩐다. 먼저 집 근처 창고형 마트에 갔다. 베개만 한 고기 덩어리, 우리 집 식탁만 한 피자를 파는 거대한 세계였다. 몇 년 만에 돈의 냄새를 맡고 흥분한 나는 거의 뛰어다니다시피 하며 열정적으로 구경하다가 연어초밥 한 접시를 사 들고 나왔다. 말이 한 접시지, 밥이 두 덩이씩 들어 있는 초대형 초밥이 열세 개나 있었다. 집으로 돌아오는 짧은 길에 심한 멀미를 했다.

놀라운 사실은 그 거대한 규모에 금방 익숙해졌다는 것이다. 다음엔 나도 남들처럼 했다. 여유롭게 걸어 다니며 카트를 가득 채웠다. 청포도가 네 송이나 들어 있는 커다란 플라스틱 박스, 양념된 소불고기 1.2kg, 냉동만두 두 묶음, 사과 한 박스 등등. 더 많이 묶어서 개당 단가를 싸게 판매하는, 언제나 필요한 양보다 더 많이 살 수밖에 없는 그곳을 빠져 나오는 길, 손에 쥔 영수증에는 너무 큰 금액이 찍혀 있었다.

그 뒤로는 한동안 새벽배송에 빠졌다. 몇 번의 클릭만으로 장 보러 가는 일, 줄을 서서 계산하는 일, 무거운 것을 들고 돌아오는 일이 모두 해결된다는 점에서 편리했다. 하지만 휴대폰 화면의 크기에 맞게 완벽하게 편집된 가상의 슈퍼마켓은 나의 발걸음이 아닌, 철저히 계획된 길을 따라 나의 시선을 이동시킨다. 지난주에는 없었지만 오늘 새로 나온 제철 식품이 어떤 건지, 그중 어떤 게 가장 신선한지 알 수 없었다. 다른 사람들이 카트에 뭘 담았는지 훔쳐볼 방법이 없다는 점이 가장 아쉬웠다. (그게 장 보는 즐거움 중에서 얼마나 중요한 건데!)

그런데 가만 보니 이사 온 아파트 옆 단지 상가 지하에 농산물 직거래 마트가 있었다. 꽃도 판다. 그래, 인생이 늘 꼬이는 건 아니지. 아보카도나 콜리플라워, 아티초크 같은 건 없지만 노지 애호박, 말린 표고버섯, 크기가 제각각인 상추, 그리고 낯선 채소들이 진열되어 있는 곳. 어느 날 그곳에서 냉이와 달래를 발견하고 봄이 왔음을 실감했다. 두꺼운 외투를 입고 서서 흙 묻은 초록을 내려다보며, 언 땅을 뚫고 싹을 틔운 그 생명력에 대해 생각하다가 풋마늘을 한 봉지 사 왔다.

풋마늘은 땅속의 마늘통이 굵어지기 전에 수확하는 어린 잎줄기다. 보통 살짝 데쳐서 양념에 무치거나 김치로 담그거나 장아찌로 만들어 먹지만, 나는 파스타 재료로 활용하기로 했다. 올리브 오일에 잘게 썬 풋마늘을 볶다가 적당히 삶은 파스타 면과 페퍼론치노를 넣어 함께 볶는다. 알리오 올리오를 변형한 단순한 조리법. 베이컨이나 바지락을 넣어도 좋지만, 주인공은 역시 풋마늘이다. 산뜻한 향과 아삭한 식감에 부르릉 몸이 떨렸다. 봄의 초록이 가진 특유의 명랑한 힘이 겨우내 쪼그라든 몸에 시동을 거는 것 같았다. 그렇게 또 한해를 살아갈 생명력을 얻었다.

잎마늘을 장아찌로 담아도 맛있다는 이야기를 듣고 며칠 뒤 다시 가게로 가보았지만 잎마늘은 흔적도 없이 사라졌다. 대신 그 자리에는 다음 선수들이 출전해 있었다. 며칠 전과는 완전히 다른 세계가 펼쳐져 있었다. 열무, 방풍나물, 민들레잎, 오가피순. 잠깐 망설이다가 그나마 익숙한 미나리와 참나물을 골랐다. 우선 참나물은 바지락 한 줌 넣은 오일 파스타를 만들 때 넣었더니 맛있었다. 남은 건 그날 저녁 매콤달콤한 양념에 겉절이처럼 무쳐서 프라이팬에 구운 차돌박이와 함께 밥반찬으로 먹었다. 미나리는 다음 날 저녁, 얇게 저민 소고기와 함께 샤브샤브를 만들어 먹었다. 실컷 먹고도 절반의 미나리가 남았다.

자, 이제 남은 미나리는 어쩐다? 오징어 송송 썰어서 전으로 부쳐 먹으면 맛있을 것 같다는 생각이 스친다. 2,000원짜리 한 봉지 사서 반쯤 남은 미나리를 위해 두 마리 12,000원짜리 오징어를 샀다. 미나리는 해치웠으나 다시 오징어가 한 마리 남았다. 이제 오징어로부터 시작이다. 오징어뭇국을 위한 무 한 덩이를 산다면 무가 또 남겠지? 남은 무는 무생

채를 만들어 먹고 조금만 남겨 강판에 갈아서 메밀 국수에 고명으로 얹어 먹어야지.

● 오늘 배운 것: 완전히 다른 세계로 왔다고 여겼는데, 꼭 그런 건 아니었네. 내일은 꽃을 사자.

NYPD에게 아침을 대접하다

아침에 눈을 뜨면 어젯밤 꿈 생각을 한다. 며칠 전 꿈은 이런 내용이었다.

뭔가 큰 잘못을 저지른 나는 공범인 친구와 함께 산속을 헤매고 있었다. 하쿠나 마타타 노래만 안 불렀지, 〈라이언 킹〉의 티몬과 품바처럼 나무 기둥 밑에 있는 벌레를 찾아 먹고 식물의 뿌리를 캐 먹고 나무 위에 올라가서 자는 생활이었다. 그러다가 더 이상의 도주는 불가능하다 판단하고는 봉우리 몇 개를 넘어 집으로 돌아왔다. (꿈속에선 아직 시골 살이 중이었다.) 짧게 자고 일어난 새벽, 마당에서 웅성거리는 소리가 나기에 창문으로 내다보니 경찰들이 우리 집 주변에 펜스를 설치하고 있었다. NYPD라고 쓰인 뉴욕 경찰복을 입은 외국인들이었다. 크고 육중한 몸에 레이밴 선글라스를 끼고 허리춤엔 총을 차고 있었다. 그런데 그들이 설치하는 펜스라는 게 하얀색 풍선으로 만든 것이었다. 뭐지? 클럽 H.O.T도 아니고….

그들은 우리가 창문이나 뒷문으로 도망칠 것을 대비하고 있는 것 같았다. 나는 친구(처음 보는 금발의

백인 여자였는데 내가 하는 한국말은 다 알아들었다.)에게
물었다. "우리 때문에 다들 너무 고생하시는데 그냥
문 여는 게 낫겠다, 그치?" 친구는 반갑게 동의했다.
현관문을 열고 나가 경찰들에게 들어오라고 하자 무
장한 경찰들이 집 안으로 진입하기 시작했다. 자세
를 최대한 낮추고 벽에 몸을 붙이고 주먹을 냈다 가
위를 내는 손짓을 하면서, "무브 무브!" "클리어!" 같
은 말을 외치면서. 매우 신중하고도 날렵한 몸놀림
이었다.

　　나는 그들에게 물었다. "근데요…. 다들 아침은
드셨어요? 뭣 좀 드실래요?" 경찰들(그들도 왠지 내가
하는 한국말을 잘 알아들었다.)은 좀 망설이다가 어쩔 수
없다는 듯 "그럼 그럴까요?" 했다.

　　잘 익은 자몽과 오렌지를 가로로 반 갈라 접시
에 담고, 과육을 파 먹기 좋게 끝부분이 톱니처럼 생
긴 숟가락과 함께 내놓았다. 사과와 딸기를 씻어 깎
고 다듬어 투명한 접시에 담았다. 블루베리, 어니언
등 여러 가지 맛의 베이글은 바삭하게 구워 반으로
가른 뒤 커다란 쟁반에 쌓아 올리고, 스크램블드에
그를 만들고 베이컨과 소시지도 구웠다. 그리고 각

종 치즈와 햄, 버터, 잼. 요거트까지. 푸짐한 한 상이 차려졌다. 나는 더 이상 산속을 헤매지 않아도 된다는 사실에 안도하며, 허겁지겁 아침을 먹는 거구의 NYPD들을 흐뭇하게 바라보며 커피를 만들다가… 잠에서 깼다. 일어나 거실로 나와보니 J가 커피를 만들고 있네.

앞뒤가 하나도 안 맞는 꿈. 처음부터 끝까지 모든 부분이 엉뚱하지만, 가장 웃겼던 건 뉴욕 경찰들에게 대접한 식사의 디테일이다. 푸짐하게 차린 아침상의 음식은 우리가 늘 먹는 것들이었다. 100일 중에 99일은 J가 먼저 일어난다. 그는 내가 일어날 때까지 밖으로 나가 달리고 오거나 거실에서 아침 운동을 하거나 빨래를 돌리거나 지나간 스포츠 하이라이트를 본다.

아침식사는 내가 일어난 뒤에 함께 준비한다. 냉동실에 쟁여둔 크루아상 생지나 베이글이나 식빵을 꺼내 오븐에 굽고 커피를 끓이고 과일을 씻어서 자른다. 시간이 넉넉한 날에는 햄이나 베이컨, 달걀 요리도 곁들인다. 커피는 각각 소서에 받치고, 과일은 투명 접시에, 빵은 나무 접시에 각각 담는다. 과일은 과일 포크로, 버터와 잼은 나무로 된 나이프로. 잼을 덜어내는 나이프와 빵 위에 펼쳐 바르는 나이프는 따로.

글로 적고 보니 까다로운 규칙처럼 보이지만, 시골에 살 때 아침을 정성스럽게 차려 먹기 시작하며 생긴 자연스러운 습관이다.

잠들기 직전, 내일 아침에 무엇을 먹을지 생각한다. 냉장고에 언제나 우유와 사과가 있고, 내일 먹을 빵이 있다. 커피와 티도 넉넉하게 준비되어 있다. 각각을 우리의 방식대로 느긋하게 먹고 나면 하루가 시작된다. 풀을 먹인 리넨 냅킨을 백조 모양으로 만들거나 둘둘 말아 고리에 끼우는 식의 호사는 아니더라도 정성스럽게, 조금의 품위를 갖춘 아침식사를 하고 싶다.

NYPD에게 아침식사 차려주는 꿈을 꾸고 깨어난 아침, 꿈속에서 흡족했던 기분을 떠올리며 그런 생각을 했다. 아침 습관을 만들고 그 작은 일상을 틀어쥐는 일. 그것이 나를 진정으로 안심하게 한다는 생각. 그리고 그것이 감정의 구덩이에 빠지지 않는 진짜 비법인지도 모른다는 생각.

● 오늘 배운 것: 아침에 단백질을 꼭 먹자. 달걀, 달걀!

가만가만 살살

달걀을 깨뜨릴 때마다, 지난날의 한 장면이 '탁!' 하고 떠오른다. 에디터 시절에 제품 촬영을 하러 자주 가던 스튜디오에서 있었던 일이다. 한남동 유엔빌리지 꼭대기에 위치한 그 스튜디오에는 몇 가지 특별한 점이 있었다. 우선 한강이 내려다 보이는 뷰가 매우 좋았다는 것, 그리고 스튜디오 안에 있는 식당에서 식사가 제공된다는 것이었다. 스튜디오 식당의 음식은 내 맘에 쏙 들었다. (때늦은 고백. 그 밥이 먹고 싶어서 식사시간과 맞물리게 촬영 스케줄을 잡은 날도 있었다.) 메뉴는 평범한 집밥인데 정갈한 만듦새부터 예사롭지 않았다.

어느 날에는 푸드코트 입구에 진열된 음식 모형처럼 완벽한 달걀프라이가 나왔기에 식당 아주머니께 여쭤봤다. "달걀프라이가 어쩜 이렇게 예뻐요? 어떻게 하면 이렇게 예쁘게 부칠 수 있어요?" 아주머니가 살며시 웃으며 답했다. "가만가만 살살 내려 놓으면 돼요."

많은 요리 초보들이 그렇듯, 나는 매우 저돌적이었다. 에라이 될 대로 되라는 심정으로 음식을 만들었다. 마구 때려 넣고 세게 볶고 소금을 팍팍 쳤다. 불은 처음부터 정해진 것마냥 오직 센 불만을 사용했다. 미지의 세계를 탐험하는 기쁨이나 경의보다는 정복하려는 의지가 더 컸다. 허둥지둥 난리법석을 피우고 나면 주방은 초토화되었다. 정성 같은 것 없이 냉소적인 태도로 음식을 만들곤 했으니, "요리를 망쳐버릴 테다!"라고 외치던 초기의 다짐은 얼마나 무모하고 어리석었나. 맛보고 수정하려는 겸손한 태도 대신 후루룩 만들고 마지막에 딱 한 번 간을 보는 셰프들의 행동을 따라하고 있었다. 요리하는 내 모습에 심취하고 말았다. 왕자 옷을 입은 걸인이 따로 없었다. 프라이팬과의 푸닥거리에 지친 내게 스튜디오 아주머니의 대답은 현자의 말과 다름없었다. 가만가만 살살이라니….

사민 노스랏의 책 『소금, 지방, 산, 열』에서 가장 강렬하게 다가온 내용은 "맛을 보고, 맛을 보고, 또 맛을 보라!"는 것이었다. "얼마나 맛을 잘 보고 냄새를 잘 맡느냐에 따라 요리의 수준이 정해진다."고 했다. 감각을 훈련하고 감각을 믿는 법을 배워야 한다는 것. 파스타 삶을 물을 맛보라는 대목에서는 할 말을 잃었다. '맛보기'와 '간보기'를 같은 표현으로 알고 있던 나는 그저 짜고 싱거운 정도만을 확인하면 된다고 생각했다.

하지만 이 책에 따르면 새콤한 정도, 부드러운 정도, 달콤한 정도, 쓴 정도를 세심하게 확인해야 한다. 그녀는 "요리는 재즈와 별로 다르지 않다."라고도 썼다. "재즈 음악가의 귀처럼, 맛을 많이 접할수록 감각은 더욱 섬세해지고, 다듬어지고, 즉흥적인 변화에도 능숙하게 대처하는 법을 터득하게 될 것."이라면서.

음식을 만들 때 가장 큰 걸림돌은 무엇입니까? 라고 누군가 묻는다면 나는 망설이지 않고 답할 것이다. 둘이서 먹는다는 점. 혼자 먹어야 할 때야 음식이 그저 그런 맛이면 얼른 먹어치우고, 도저히 먹을 수 없다면 누가 보기 전에 내다 버리면 그만이다. 그런데 다른 입이 또 있다면 상황이 달라진다. 내가 만든 음식을 식탁에 올리는 일이 괴로웠다. 부엌에서 음식을 만들고 있는데 J가 다가오면 부르릉 화가

났다. 저리 가라고, 내가 처참하게 실패하는 현장을 목격하지 말고 저리 꺼지라고 눈으로 욕지거리를 날렸다. 지고 싶지 않았고 쪽팔리기 싫었다. 야무지게 탁탁탁! 일정하게 자르고, 파바박! 끓이고, 후딱! 뒤집고 싶었다.

그러나 현실은 혼비백산과 허둥지둥의 반복이다. 주눅 들고 의기양양했다가 의기소침해지고 또 금세 우쭐댄다. 덤덤하게 매일 해야 할 일을 해내는 사람의 태도가 없었다.

어느 날 무심히 티브이 채널을 돌리다가 EBS의 요리 관련 프로그램에서 멈추었다. 친숙한 한식 메뉴를 만드는 요리 연구가의 모습을 보고 나는 뒤통수를 얻어맞은 기분이 되었다. 이국적인 식재료나 화려한 쇼맨십 같은 것 하나 없이, 사분사분 음식을 만드는 선생님 앞에 무릎이라도 꿇고 싶은 심정이었다. 꿇어앉아 죄를 낱낱이 고하고 싶었다. 선생님, 저는 그동안 얼마나 어리석고 오만했나요!

요즘엔 음식을 만들 때 자주 맛본다. 먹어보고 또 먹어보고 또 먹어본다. 내 머릿속에 있는 레시피와 조금 다르더라도 양념을 추가하는 걸 겁내지 않는다. 짠맛과 신맛, 단맛의 균형을 생각한다. 고소한 맛과 감칠맛과 쓴맛도 생각한다. 어떤 걸 더 넣으면 어떻게 맛이 변하는지, 그 변화를 생각하며 잠깐 멈추기도 한다. 가만가만 살살, 그 여섯 글자를 잊지 않으려 애쓰면서.

● 오늘 배운 것: 중불과 약불을 탐험하자.

어제의 김밥

한동안 김밥을 싫어했다. 특히 김밥 냄새 나는 아침이 싫었다. 소풍 전날 밤이면 나는 가슴이 두근거려 잠을 못 이루곤 했는데, 그 이유가 다른 애들과 달랐다. 내일의 멀미가 두려웠던 것이다. 시내버스를 10분만 타도 검정색 비닐봉지를 손에 쥐고 탈 정도로 멀미가 심한 어린이였으므로, 커다란 버스를 타고 긴 시간 이동하는 일은 고역이었다. 특히 김밥(정확히는 김에 바른 참기름) 냄새. 내게 김밥 냄새는 소풍을 뜻했고, 소풍은 곧 커다란 버스를, 커다란 버스는 멀미와 구토를 의미했다. 나는 한동안 김밥을 먹지 않았다.

멀미하던 어린이는 무럭무럭 자라서 이제 직접 김밥을 만든다. 단무지, 우엉, 깻잎, 캔참치, 마요네즈, 햄, 맛살, 달걀부침을 넣고 둘둘 말아 참기름 삭삭 바르고 두툼하게 썰어 5층으로 쌓는다. 그 옛날 소풍날 거실 풍경처럼. 김밥도 꽤 좋아하게 되었지만 김밥을 만든 다음 날 만든 김밥전을 더 좋아한다. 그러니까 내가 김밥을 만드는 건 김밥전을 먹기 위해서고, 그래서 한 번 만들 때 많이 만들어서 5층으로 쌓는 것이다.

김밥전을 만드는 방법은 간단하다. 냉장고에 넣어두었던 어제의 김밥을 달걀물에 빠뜨린 뒤 달걀물이 바싹 마른 밥알에 스며들도록 잠시 둔다. 그리고 하나씩 건져 올려 기름을 두른 팬에 지져낸다.

음식과 관련해 최근 가장 즐겁게 읽은 책은 『열두 가지 레시피』다. 저자 칼 피터넬은 셰프이자 세 아들의 아버지인데, 그의 큰아들 헨더슨이 대학에 간 뒤 아들로부터 매일 레시피를 묻는 전화를 받고 충격에 빠진다. 건강하고 즐거운 삶을 위해 갖춰야 할 필수적인 삶의 기술을 아들에게 전수하지 못했다는 것을 깨달은 것이다. 그는 그 사실을 부끄럽게 여기며 후회한다. 그렇게 독립한 아들을 위해 쓰기 시작한 레시피북이 『열두 가지 레시피』다.

우선 아버지가 아들에게 전수하는 요리 비법이라는 점이 흥미롭다. 국내에서 발행된 요리책 제목에 흔히 '새댁' 혹은 '며느리' 혹은 '시어머니' 같은 단어가 자주 등장하는 것과는 퍽 다르다는 점에서. 아무튼 이 책에는 실용적인 레시피와 요리 팁이 많이 등장하는데, 그중 가장 기억에 남는 건 '남은 음식

처리법' 부분이었다. 이를테면 어제 먹고 남은 으깬 감자를 버리지 말고 두었다가 다음 날 패티로 만들어 프라이팬에 구우면 으깬 감자 케이크가 된다는 것. 또 리소토는 한 번 만들 때 일부러 많이 만들고 남긴 뒤 다음 날 동그랗게 튀겨 아란치니로 만들어 먹으라고 조언한다. 그 외에도 남은 생선 요리나 고기찜, 중국 요리를 볶아 다음 날 아침 오믈렛 속재료로 사용하라거나, 어제 남긴 남은 파스타를 달걀물과 섞어 프리타타를 만들어 먹으라거나 하는 식이다.

실제로 음식을 만들며 내가 느낀 가장 큰 희열도 그런 것이었다. 음식을 남기지 않고 모두 해치웠을 때의 기쁨. 그건 직접 해보지 않으면 모른다. 치킨 한 마리를 시켜 먹고 남으면(치킨을 남기는 게 자주 있는 일은 아니다.) 손으로 잘게 찢어두었다가 다음 날 오야코동이나 치킨 필라프를 해 먹고, 어제 먹고 남은 소고기뭇국에 고춧가루와 고추기름을 넣어 경상도식으로 칼칼하게 먹고, 월남쌈을 먹기 위해 길고 가늘게 썰어둔 채소들이 남으면 다음 날 잡채를 만드는 식으로.

이렇게 음식을 남기지 않는 건 매우 기쁜 일이다. 그보다 더 기쁜 건 재료를 싹 해치우는 일이고. 2,000원짜리 달래 한 봉지를 사다가 깨끗하게 다듬어 속눈썹 길이로 썬 뒤 물과 간장, 참기름, 고춧가루, 통깨만 넣어 달래장을 만들고, 잡곡밥에 반숙으로 부친 달걀 두 개 얹은 뒤 넣고 슥슥 비벼 먹는다. 남은 달래장은 큐브치즈만 한 크기로 자른 두부 위에 얹어 야식으로 먹고, 그렇게 먹고도 버릴까 말까 고민될 만큼 자박자박 남았다면 그대로 냉장고에 넣었다가 다음 날 꺼내 바삭한 김에 갓 지은 밥을 둘둘 싸서 찍어 먹으면 된다는 것. 그런 걸 배웠다.

이런 건 또 어떤가. 커다란 가을무 한 덩이를 사 왔는데, 그것이 며칠 동안 나의 냉장고에 머물며 조금씩 작아지는 광경을 지켜보는 것. 하나의 무가 깍두기 한 통과 소고기뭇국 두 그릇과 어묵탕 한 냄비, 그리고 메밀국수에 올리는 무즙으로 변신하는 모든 과정을 목격하는 일은 정말이지 짜릿하다.

냉장고에 진열된 식재료들. 무구한 그것들이 사용될 때를 기다린다. 시간마다 조금씩 상해가는 그

것들을 버리지 않고 다 먹는 일 자체도 엄청난 과제가 된다. 매일 그 과제를 제대로 실행하고 있다는 감각, 냉장고와 냉동고가 나의 통제 아래에 있다는 실감이 벅차다. 내가 만들 수 있는 음식의 가짓수가 점점 늘어나고 있다는 것도.

● 오늘 배운 것: 무의 흰 부분과 초록 부분을 구분해서 사용할 것.

덕선이들은 물에 말아 먹지

얼마 전 혼자 사는 선배네 집에 놀러 갔다가 겪은 일.

함께 놀러 간 친구가 점심을 못 먹었다고 하니 선배가 밥을 차려주었는데, 뚝딱 차려낸 밥상이 너무 간단해서 놀랐다. 밥 한 그릇 뜨고 매실 장아찌, 멸치볶음, 어묵볶음 등 이런저런 밑반찬을 꺼내주니 친구가 찬물에 밥을 말아서 후루룩거리며 먹는 게 아닌가. 지난 마감의 여파로 핼쑥했던 친구의 얼굴이 숟가락을 놓을 때쯤 환해지는데, 그 장면을 보는 내 마음이 다 상쾌했다.

그날 우리 셋은 두 가지 공통점을 발견했다. 첫 번째는 우리 모두 위아래로 형제를 둔 둘째 딸이라는 것, 두 번째는 맹물에 밥 말아 먹기를 좋아한다는 것. 우리는 서로를 '덕선이(〈응답하라 1988〉에서 혜리 배우가 연기한 둘째 딸 캐릭터의 이름.)'라고 부르며 둘째 딸들의 괜한 억하심정과 설움에 관해, 어려서부터 자연스럽게 체득한 눈치 빠른 특성에 관해, 그 장단점에 관해 신나게 떠들었다. 그리고 물 말아 먹는 즐거움을 이야기했다. 물 말아 먹을 때의 팁(선배는 뜨거운 밥을 물에 말아 먹을 때 물이 따뜻해지는 게 싫어서 찬물로 토렴(!)을 한다고 했다.) 그리고 어울리는 반찬 등을 공유했다.

그날의 덕선이 모임은 어릴 시절 기억을 소환했다. 엄마가 길게 외출하는 날이면 냉장고에서 밑반찬 꺼내 물 말아서 대충 먹던 일. 마늘종 무침, 소고기 장조림, 쥐포볶음, 감자채볶음 등 참 맛나던 엄마의 밑반찬들. 미리 만들어서 냉장고에 저장해둔 반찬을 꺼내서 간단하게 먹는 식사가 끼니를 준비하는 부담을 줄여준다는 걸 깨달았다. 우리 부부는 한 그릇 식사를 즐기기 때문에 밑반찬을 만들어 냉장고에 보관하는 일이 거의 없었다는 것도 새삼스레 알게 됐다.

집으로 돌아와 즉시 밑반찬 만들기에 돌입했다. 기준은 온전히 나, 김덕선이의 취향! 우선 내가 가장 좋아하는 메추리알 장조림과 감자채볶음, 진미채 무침을 만들었다. 제법 그럴싸해 보이자 다음엔 멸치를 볶았다. 멸치볶음에는 꽈리고추나 통마늘도 넣어보고, 평소 견과류를 적게 먹는 것 같은 생각에 아몬

드와 호두를 넣기도 했다. 냉장고에 방치되어 있던 묵은지를 씻어서 들기름에 지져보기도 했다. 조금 더 난이도를 높여 시금치와 콩나물을 다듬어서 무침을 만들었지만, 나물은 이런저런 이유로 자주 실패했다.

어느 날엔 J가 짜장밥을 만들어준다기에 단무지를 사 왔다. 식당에서 먹어보았는데 파는 곳은 없는 그것, 단무지 무침이 먹고 싶어서였다. 단무지를 반달 모양으로 썰어 올리고당에 푹 잠기게 두고 수분을 뺀다. (두 시간쯤 두면 목욕탕에서 깜박 잠든 할머니 손처럼 쭈글쭈글해진다.) 물기를 꼭 짜내고 거기에 다진 마늘, 참기름, 참깨, 설탕, 고춧가루를 넣고 버무렸다. 신나게 먹다 보니 좀 달았다. 다음번엔 설탕을 빼고 만들었다. 이번엔 신맛이 아쉬웠다. 또 단무지를 사 왔다. 이번엔 식초도 조금 넣었다. 세 번 만에 맛있는 단무지 무침을 만들었다.

요즘엔 냉장고에 밑반찬 두세 가지를 만들어둔다. 국만 끓여도 한 끼 먹을 수 있다는 사실이 안도감을 준다. 국 끓이는 것도 귀찮으면 물 말아 먹으면 되고. 그렇게 끼니에 대한 공포를 조금 덜었다. 밑반찬 만세.

● 오늘 배운 것: 시금치는 끓는 물에 넣고 휘휘 젓고 바로 건질 것. 다시 끓어오르면 이미 늦었다.

봄의 콩깍지

봄이 익어간다. 작년에 그랬듯 올해도 산지 직송으로 햇완두콩을 샀다. 5킬로그램 정도의 콩깍지를 벗기는 데에는 반나절이 꼬박 걸리는데, 하나도 힘들지 않은 건 완두콩이 지나치게 귀엽기 때문이다. 초록색 집 안에 예닐곱 알의 연두색 완두콩이 줄지어 들어 있다. 뚜껑을 열고 엄지손가락으로 밀면 또르르 밀려 나오는데, 그 모습이 너무 사랑스럽다. 땡글땡글하고 반짝이는 귀여운 것들을 모두 집에서 꺼낸 뒤 깨끗하게 씻는다. 채반에 한참 두어 물기를 뺀 완두콩을 여러 개의 통에 나눠 담아 냉동실에 넣어두면, 1년 내내 든든하다. 밥을 지을 때 반 주먹씩 넣고, 카레나 샐러드, 파스타 등에 넣기에도 좋다. 당근, 브로콜리, 감자와 함께 데쳐서 먹으면 또 얼마나 고소한지!

완두콩 작업이 끝나면 곧 매실 시즌이다. 이쑤시개로 꼭지를 제거한 매실을 깨끗하게 씻어 물기를 완전히 제거한 뒤 같은 무게의 설탕과 버무려 커다란 유리병에 담는다. 그늘에 두었다가 100일이 되면 매실을 건져내고 매실액을 병에 나눠 담는다. 속이 더부룩한 날에는 소화제 대신 먹고, 추운 겨울밤에는 따뜻한 차로 만들어 마신다. 그리고 매일매일의 조미료로 사용한다.

시골에 살 때 비로소 실감하게 된 말들이 있다. 큰비가 온 뒤 마당 한가운데까지 세력을 확장하려 애쓰는 대나무를 정리하다 보면 '우후죽순'이라는 말이 자연스레 떠오른다. 먹는 것에 관한 말들도 가슴 깊이 이해하게 되었다. 가을 아욱국은 왜 싸리문을 잠그고 먹는다고 했는지(맛있어서다.), 가을 상추는 또 왜 문 걸어 잠그고 먹는다고 했는지(물론 맛있어서다.), 겨울잠에서 깨어난 곰이 왜 가장 먼저 곰취를 찾아 먹는지(맛있어서일까?). 음식에 관한 모든 말들에는 계절이 담겨 있다는 것을 알게 됐다. 맛난 제철 음식은 몸의 건강뿐 아니라 마음의 즐거움 측면에서도 인간에게 정말 필요하다는 사실도.

봄 호래기(꼴뚜기)를 처음 먹었을 때, 삼천포에서 직접 주문한 과메기를 먹었을 때 그 맛에 얼마나 놀랐었는지 아직 생생하다. 대하 철에는 새우를 사다가 소금구이, 감바스, 튀김을 해 먹고 드라이브도 할 겸 통영에 가서 석화 한 박스를 사다가 동네 주민들 불러 함께 먹었던 일도 즐거운 추억으로 남았다.

　계절을 맞이하는 일. 그건 음식을 만들며 얻게 된 가장 큰 즐거움 중 하나다. 작년에 왔던 계절이 또 왔구나 하며 무심하게 지나는 게 아니라 큰 기쁨으로 여기게 된 것, 1년에 네 번 누리는 그 기쁨이 완전 공짜라는 것. 그게 너무 고맙다.

　● 오늘 배운 것: 내일 아침엔 완두콩을 삶아야지. 연두색 수프를 해 먹자.

살찌지 말기로 해

30여 년 전, 엄마는 하마터면 요단강을 건널 뻔했다. 그해 10월 어느 날 4.5kg 우량아로 태어난 나 때문이다. 산부인과 역사상 가장 무거운 신생 여아였다. 간호사 한 명이 엄마의 배 위에 올라타 우량아를 밀어냈고 엄마는 꼴딱꼴딱 넘어가는 숨을 붙들고 안간힘을 썼다. 거대한 둘째 딸을 자연분만으로 출산한 순간, 엄마는 방금 죽다 살아났다는 것을 실감했다고 한다. 그리고 얼마 뒤 몸을 추스르고 신생아실로 갔는데 쭈글쭈글 새빨간 아기들 사이에 웬 아이 하나가 살이 통통하게 오른 얼굴로 힘차게 울고 있었단다. 엄마는 신기해서 가만히 지켜보았다. 어머나, 저 애는 어쩜 저리 뽀얗지? 태어난 지 몇 주는 되어 보이네? 그것은 나였다. 작은 키, 가냘픈 몸의 산모는 얼마나 놀랐을까. 저 커다란 인간이 좀 전까지 내 배 속에 있던 것이라니!

　10월 내 생일 즈음이 되면 엄마는 그날의 출산 경험을 이야기해준다. 그것은 마치 퇴역 군인의 영웅담처럼 들린다. 죽을 각오로 싸우고 살아 돌아왔다는 점에서 맥락은 비슷하려나? 커다랗게 태어난 나는 지금도 크다. 중학교에 입학하고 얼마 동안 체구가 작아 맨 앞줄에 앉았지만, 매일 밤 벼랑에서 떨어지는 꿈을 꾸던 시기를 지나 중학교를 졸업할 무렵엔 20cm 이상 자라서 반에서 가장 키 큰 아이가 됐다. 나의 느긋한 성장판은 오랫동안 열려 있다가 26세가 되어서야 겨우 닫혔다.

고등학교 2학년 때의 일이다. 키로 따지면 나는 반에서 1등이었고 나와 가장 친한 친구는 2등이었다. 어느 날 2등이 진지한 표정으로 약속 하나 하자고 했다. "자혜야, 우리는 절대 살찌면 안 돼. 키가 이렇게 큰데 살까지 찌면 너무 거대할 것 같지 않니? 우리 살찌지 말기로 약속하자." 웬 뚱딴지 같은 소리? 나는 그애의 말을 도통 이해하기 어려웠지만 당시의 의리로 기꺼이 새끼손가락을 걸었다. 귓속말과 공감과 둘만의 약속. 십대 소녀들의 우정이란 모름지기 그런 것이니까. 그 약속 때문인지 나는 지금까지 늘 같은 체격을 유지해왔다. 마른 체형과 보통 체형의 중간쯤이랄까. 겨울이 다가오면 3kg 정도 늘었다가 날이 더워지면 딱 그만큼 줄어들어 평균 몸무게를 유지하는 식이다.

이 아름다운 이야기가 계속된다면 얼마나 좋을까. 슬프게도 시간은 흘러 모두 공평하게 나이를 먹고 기초대사량은 줄어들고 중력은 일하기를 멈추지 않는다. 삼십대가 된 후 나는 몸의 변화를 선명하게 느꼈다. 앞가슴의 지방은 왜 등으로 향하는가? 엉덩이에 있던 살이 왜 옆구리로 옮겨가는가? 배꼽 밑이 원래 이렇게 두둑했나? 겨드랑이 밑에 이 덩어리들은 대체 뭔가! 이쯤 되면 몸의 무게가 문제가 아니다. 체지방과 근육량의 문제다. 알고 보니 삼십대 이후부터 살은 찌는 게 아니라 재배치되는 것이었다. 근력이 약해지니 자세가 나빠지고 우울감이 찾아왔다. 작은 스트레스에도 크게 흔들렸다. 체력이 없이는 일상의 즐거움도 없는 것이었다.

그래서 요즘 집에서 운동을 시작했다. 운동법은 단순하다. 매트를 깔고 나이키 트레이닝 앱(NTC)을 실행한 뒤 앱이 시키는 대로 한다. 나이와 성별, 키, 몸무게 등을 적고 원하는 운동의 형태와 수준을 설정하면 트레이닝을 설계해주는데, 그 일정에 따라가기만 하면 된다. 어떤 날엔 고난도의 서킷 트레이닝이, 어떤 날엔 빈야사 요가 플로가 실행된다. 시범을 보이는 나이키 마스터 트레이너들의 다부진 몸을 보는 게 무엇보다 즐겁다. 그들의 근육 하나하나가 움직이는 모습을 보면 나는 내가 바라는 몸에 대해 생각하게 된다. 이전에 내가 가졌던 미적 기준을 돌아보기도 한다.

아니, 아니다. 사실은 운동을 하며 그런 생각할 겨를은 없다. 뒤꽁무니 따라잡기 바쁘다. 스트레칭 동작은 어찌어찌 따라 한다 해도 스플릿 점프, 스쿼트 점프, 마운틴 클라이머 같은 운동을 따라 하다 보면 숨이 꼴딱 넘어간다. 봉두난발의 정수리에서 김이 폴폴 난다. 그래, 내가 이 짐승 같은 내 모습을 보는 게 싫어서 헬스 트레이너와 이별하고 요가를 시작했었지! 화면 너머에서는 근육질의 언니오빠(는 분명 아닐 테지만 느낌상)들이 멈추지 마세요, 힘을 내세요, 올바른 자세를 유지하세요, 조금 더 버티세요, 거의 다 왔어요, 같은 말을 반복한다. 감정이 없는 번역체의 파이팅을 듣다 보면 신경질이 뻗치기 시작하지만 화를 낼 정신도 없다. 숨 쉬는 것만 놓치지 않으면 다행. 운동이 끝나면 축축해지고 너덜너덜해진다.

축축하고 너덜너덜해진 날에는 하나의 문장을 붙잡아야 한다. 반복하면 나아진다는 말. 힘든 운동을 한 다음 날은 대개 회복일로 설정된다. 관절과 근육이 회복되는 시간이 필요하기 때문이다. 그런 날엔 어깨와 허벅지와 코어의 근육들이 바락바락 고함을 친다. 어제 했던 운동의 각 동작들이 몸의 어느 부위를 단련하기 위한 것이었는지 확인되는 순간이다. 어기적거리며 하루를 보낸 뒤 과연 앞으로도 이 운동을 계속할 수 있을까 하는 의문을 품고 잠이 드는데, 다음 날 운동을 해보면 모든 동작이 이틀 전보다 수월하다고 느낀다. 그렇다. 반복하면 나아진다.

이삼일에 한 번씩 체중계에 올라 몸무게와 근육량과 체지방, 기초대사량 등을 확인한다. 고맙게도 아직 모두 정상 범위 안에 있다. 운동을 할수록 체지방이 줄어들고 근육량이 늘어나는 것이 수치로 나타나니, 인간의 몸이야말로 가장 정직하다는 생각이 든다. 나이를 먹으며 운동에 대한 생각이 바뀌었다. 나는 남들 보기에 좋으라고 운동하지 않을 생각이다. 다만 씩씩하고 명랑하게 살아가고 싶다. 어딘가

고장이 나서 나를 사랑하는 사람들을 불행하게 만들고 싶지 않다.

운동하기 귀찮을 때면 죽을 각오로 나를 낳아준 엄마를 생각할 것이다. 전장에서 살아 돌아온 퇴역 군인에게 빛나는 훈장이 있다면, 엄마에겐 4.5kg 우량아로 태어난 내가 있다. 자신의 살아온 날들을 증명한다는 면에서, 자랑스러운 동시에 한구석 고통을 주기도 한다는 점에서 비슷한 거 아닐까. 나는 엄마가 언제든 엄마의 훈장을 꺼내 자랑할 수 있도록 늘 빛나고 싶다. 그 첫 번째가 건강이다.

● 오늘 배운 것: 밥 먹고 최소 두 시간 뒤에 운동하자. 험한 꼴 보지 않으려면.

초록 괴물의 역습

매일 스스로를 먹이게 된 지 이제 5년 차. 새로운 도전이 필요하다고 느꼈다. 김치찌개 된장찌개 말고, 볶음밥 파스타 말고, 요리 레벨을 한 단계 높여줄 만한 메뉴를 향한 도전. 마침 J의 생일이었고, 미역국 재료를 사러 간 마트에서 낯선 식재료를 발견했다. 그것은 내가 27세에 처음 먹어본 것, 어떻게 생긴 식재료이며 어떤 식으로 채취되는지 전혀 모르는 것, 요리법은 생각조차 해본 적 없는 것, 매생이였다. 미역국 대신 매생잇국을 끓여보겠다 결심한 것은 J가 그것을 매우 좋아하기 때문이기도 하지만, 그보다는 초심자의 실력 증진에 대한 어떤 갈망과 모험심이 발동한 탓이었다. 쉽게 말해 객기였다.

요리 초보의 난데없는 도전은 곧 위기를 맞았다. 씻기 위해 물에 담가둔, 물속에서 첨벙거리는(사실 움직이진 않는다. 과장이다.) 매생이를 건져 손으로 꼭 짜는데, 손가락 사이사이를 비집고 나오는 그 촉감이 끔찍했다. 초록 물질을 쥔 양손은 앞으로 뻗어 싱크대 쪽에 두고 엉덩이는 뒤로 쭉 빼고, 이를 앙다문 채로 으으으 소리를 내며 발을 동동 구르는 여자, 바로 나였다.

손가락 사이로 탈출하는 그것을 절반쯤 하수구에 흘려보내고, 남은 것들을 그러모아 채반에 담았다. 물기가 모두 빠지자 미끈거리던 그것은 곧 보송보송해졌는데 마치 어떤 것의 털처럼 보였다. 정체를 알 수 없는 초록색 괴물의 털 말이다. 털뭉치를 냄비로 옮겼다. 참기름에 달달 볶다가 멸치육수를 붓고, 다진 마늘과 국간장, 소금으로 간을 맞춘 뒤 생굴 넣고 팔팔 끓였더니 끝.

의외로 쉽게 완성된 매생잇국은 마냥 입으로 들어갔다. 국그릇을 두 손으로 들어 감싸 쥐고 후루룩 소리를 내며 마시던 그가 탁! 하고 그릇을 식탁 위에 내려놓으며 미소 짓는 순간, 나는 커다란 용기를 얻었다. 그의 국그릇 안쪽에 붙어 있는 초록 괴물의 털 몇 가닥을 쳐다보며 결심했다. 나 그대를 위해 기꺼이 1월마다 초록 짐승과의 사투를 벌이리.

● 오늘 배운 것: 매생이는 많이 넣을수록 맛있다. 다음번엔 두 팩 사야지.

공포의 라구 소스 1

친구가 집으로 놀러 온다고 했다. 남편과 쌍둥이 아이들도 함께. 시절이 시절인지라 외식하긴 좀 그렇고, 배달 음식도 마땅치 않은데 내가 한번 만들어볼까? 단둘을 위한 음식이 아닌, 여럿을 위한 음식을 만들어보는 거야! 갑자기 외친 나의 도전 선언에 J는 좀 당황한 눈치였다.

무얼 만들까 고민하다가 라구 파스타로 정했다. 메인 요리와 반찬이 필요한 한식보다는 그쪽이 적절해 보였다. 우리 집의 아담한 식탁에는 한 접시 요리가 적합하기도 하고. 또 고기가 많이 들어가니 든든하고 영양가 면에서도 괜찮을 것 같았다. 무엇보다 실패 확률이 낮아 보였다. 오래 끓이는 소스라고 하니, 만들면서 맛을 수정할 수 있을 거라는 생각이었다. 소스는 전날 미리 만들어두고, 손님들이 오면 면만 삶아서 부으면 되니 편리할 것 같았고. 어쩌면 부드럽고 능숙한 몸놀림으로 우아하게 식사를 준비할 수 있을지도 모른다. 진땀을 흘리며 야단법석을 떠는 모습을 손님들에게 보이지 않아도 된다!

J가 돕겠다는 걸 마다하고 혼자 장을 보러 나선 건, 모든 과정을 나 혼자만의 힘으로 하고 싶다는 생

각 때문이었다. 유난을 떨며 마을버스를 타고 동네 마트로 갔다. 탈리아텔레 면과 홀토마토 통조림, 다진 소고기와 다진 돼지고기, 베이컨, 셀러리와 당근, 양파, 레드 와인을 샀다. 호주산 국거리 소고기와 미역도 샀다. 두 돌 지난 아이들이 파스타를 거부할 경우를 대비해 미역국을 끓여둘 셈이다. 후식으로 먹을 청포도와 참외를 추가로 장바구니에 담고 나오는 길, 계산대에서 한참을 고민하다가 호주산 국거리 소고기는 뺐다. 대신 동네 작은 정육점에 따로 들러 한우 양지 좋은 것을 샀다.

집으로 돌아와 바로 앞치마를 둘러매고 정신을 가다듬어보았다. 먼저 당근과 셀러리로 베지 스틱을 만들어 통에 담고, 청포도를 씻고 참외를 먹기 좋게 잘라 냉장고에 넣어두었다. 애피타이저와 디저트는 해결된 셈이다.

다음은 소스 차례. J의 걱정 어린 눈초리가 등 뒤로 느껴지지만 모르는 척하며 재료를 다듬기 시작했다. 먼저 양파와 당근, 셀러리를 잘게 다지고 베이컨은 블렌더로 갈아둔다. 올리브 오일을 두른 팬에 소고기를 먼저 볶는다. 뽀얗게 익는 것을 넘어 진한 갈색이 될 때까지. 팬의 가장자리가 거뭇해질 때까지. 구멍이 뚫린 국자로 소고기를 덜어내고 팬에 남은 기름에 돼지고기와 베이컨을 볶는다. 또 덜어내고 이번엔 채소. 채소가 투명해질 때까지 볶으라는 책도 있고 진한 갈색이 될 때까지 볶으라는 책도 있었는데 나는 전자를 택했다.

재료를 볶는 건 이전에도 많이 해봤지만, 이날의 볶는 행위가 특별했던 건 처음으로 감각에만 의존했다는 점이었다. 채소들이 투명해지다가 말랑말랑해지고, 노랗게, 그리고 갈색으로 변화하는 과정. 그것보다 흥미로운 건 고기의 변화였다. 소고기가 점차 갈색으로 변하고 가장자리에 캐러멜 같은 것이 생기면서 순식간에 달콤한 냄새가 코를 찔렀다. 이것은 숨어 있던 최상의 맛과 향이 나온다는 갈색화? 마이야르 반응?

이제 볶아둔 모든 재료를 합치고 물, 우유, 레드와인, 홀토마토를 넣고 뭉근히 끓인다. 두 시간 동안. 맙소사 두 시간이라니? 우리네 엄마들이 곰국을 끓이듯이 이탈리아 할머니들이 이걸 그런 식으로 만든다는 글을 읽었지만, 그래도 두 시간은 너무했다 (라고 생각하고 네 시간을 끓였다).

다음 날, 친구 부부와 아이들이 도착하고, 나는 끓여두었던 소스를 데우고 면을 익혔다. 6인분 분량의 파스타는 처음 만들어봤기 때문에 탈리아텔레 면 몇 가닥이 서로 붙어 있었다는 것만 빼면 꽤 괜찮은 라구 파스타가 완성되었다. 미역국을 끓이고 밥도 지었지만, 아이들은 파스타에 큰 관심을 보였다. 어른 넷과 두 돌 지난 아이들까지 다 함께 허겁지겁 파스타를 먹었다. 미역국은 따로 담아 집에 가는 친구 손에 들려 보냈다.

그리고 다음 날, 친구가 두 장의 사진을 보내주었다. 하나는 미역국을 맛나게 먹는 쌍둥이들의 모습이 담긴 사진, 그리고 또 한 장은 주방에 서 있는 나의 뒷모습. 모든 것을 미리 준비해두었으니 백조처럼 우아하게 식사 준비를 할 거라고 믿었건만 내 널따란 등짝에는 네 글자가 선명하게 적혀 있었다. 허.둥.지.둥.

● 오늘 배운 것: 소스에 물은 조금씩 자주 추가 하자. 한강물을 대체 언제 다 졸여?

공포의 라구 소스 2

이번엔 선배들이 놀러 온다고 했다. 시골에 살 때도 자주 놀러 오던, 절친한 선배들이다. 그 먼 곳까지 놀러 왔을 때 선배들에게 내가 직접 뭘 대접해준 기억은 없었다. 늘 J가 요리했고, 모두가 그의 요리를 칭송했고, 나는 '이것 좀 봐요, 나는 남편 잘 둔 여자야.'라는 식으로 의기양양했고 속으론 질투했다. 그래, 오늘이야말로 실력을 발휘해보는 거야. 지난번에 해봤으니까 실수할 일도 없고 안 그래? 나는 다시 라구 파스타를 떠올렸다.

J는 역시 반기지 않는 눈치였다. 그 이유가 뭘까 생각해봤다. 첫째, 날이 점점 더워지고 있는데 가스 불 앞에 오래 서 있으면 나 더울까 봐. 둘째, 지난번처럼 밤에 팔이 아프다 다리가 쑤신다 엄살을 부리며 주물러달라고 할까 봐. 셋째, 내가 너무 활약해서 질투가 날까 봐. 첫째라면 고맙고 둘째라면 미안하지만, 셋째라면 굴하지 않고 더욱 활약해야겠지?

무슨 요리든 여러 번 만들어보아야 비로소 자기 것이 된다던 요리책 선생님들의 가르침을 떠올렸다. 지난번에 배운 부분을 활용할 수 있으니 얼마나 좋은가. 부족했던 면을 보완하면 새롭게 배울 점도 있을 거야. 결과적으로, 지난번엔 채소를 투명하게 볶았으니 이번에는 갈색이 될 때까지 볶아보았는데 이번 소스의 맛이 더 좋았다. 또 물을 조금씩 추가하며 끓이니 조리 시간을 훨씬 단축할 수 있었고.

선배들이 도착했다. 둘 중 한 선배는 오늘의 메뉴를 듣더니 놀란 토끼 눈을 했다. 라구 소스를 직접 만들었어? (넹넹!) 자혜 네가? (그렇다니까요, 예전의 제가 아니라니까요?) 그 손 많이 가고 시간 많이 드는 걸? (흠…. 뭘 좀 아는 언니군.) 바로 그때였다. 집 밖에서 쨍그랑쨍그랑 종을 울리는 소리가 들렸다. 오후 5시 50분에서 6시 10분 사이에 아파트 단지를 찾아오는 두부 트럭이었다. "선배, 진짜 신기하죠. 여기는 저렇게 매일 같은 시간에 두부 트럭이 와요. 시골 같기도 하고 도시 같기도 하다니까?" 서울 한복판에 사는 선배들이 달뜬 목소리로 외쳤다. "두부 트럭이라니, 너무너무 신기해! 아, 오랜만에 손두부가 먹고 싶다!"

'아니, 여봐요, 그럼 내 라구 소스는?'이라고 마음이 아우성을 쳤지만 입에서는 전혀 다른 말이 나왔다. "아, 그래요? 그럼 선배들 먹고 싶은 거 먹어요, 우리." 이미 한바탕 라구 소스에 관한 자화자찬을 늘어놓은 상태라서 선배들은 난감해했다. "그래? 그럼 파스타 재료는 어쩌고?" 나는 인자한 사람을 흉내내며 말했다. "그건 다음에 먹으면 되죠! 우리 집에 또 놀러 와요, 꼬옥?"

이럴 때 하필 발 빠른 J는 냉큼 나가서 커다란 손두부를 사 왔고, "우리 자혜 열심히 만든 거 못 먹어서 어쩌지?"라며 부엌으로 가더니 김치제육볶음을 뚝딱 만들었다. 내가 만들겠다는 말은 못 했다. 김치제육볶음은 나도 할 줄 알았지만, 리허설 없이 남들 앞에서 음식을 만들 만큼의 용기는 아직 없었다. 많이 맵지는 않은데 칼칼하고, 감칠맛 나는 김치제육볶음을 두툼하게 썬 손두부에 얹어 먹었다. 끝내주는 맛이었다.

다음 날 아침. 전날 저녁에 산뜻하게 행동했던 것이 무색하게 나는 눈을 뜨자마자 두 발로 이불을 펑펑 걷어차며 소리쳤다. "대체 왜!! 내 파스타는 먹어보려고 안 하구!!" 나는 난데없는 심통을 터뜨리고 어안이 벙벙해진 J는 할 말을 잃고 금붕어처럼 입을 뻥끗거리는, 에라이 굿모닝이다!

● 오늘 배운 것: 나중에 심통을 부릴 거라면 애초에 쿨한 척하지 말자.

엄마를 위한 잡채

갑자기 머릿속에 들이닥친 생각 때문에 멍해질 때가 있다. 지난 5년 동안 우리는 대체 뭘 했나 하는 생각. 5월인 탓이다. 가정의 달에 가족들을 외면하고 저 멀리에서 우리끼리 유유자적했던 것이 자꾸 미안해지는데, 그 생각이 머릿속에서 떠나질 않는다. 나는 어떤 식으로든 이 죄책감을 덜고 싶어졌다. 그동안 고맙고 미안했다고 표현하고 싶어졌다. 카네이션으로는 부족하다. 선물이나 용돈은 더더욱 아니다. 나는 나의 시간과 노력을 건네고 싶었다.

어버이날 이브, 아침부터 장을 보러 다녀와 J와 함께 음식을 만들기 시작했다. 메뉴는 잡채와 모둠전으로 정했다. 먼저 잡채에 넣을 채소를 손질한다. 색색의 파프리카와 당근, 양파를 길고 가늘게 썰고 고기를 양념에 재운다. 시금치는 손질해서 씻어두고 당면을 물에 불린다. 재료들을 따로 볶고 데쳐서 한데 모아 무쳤다. 여기에 적당히 간을 하니 제법 잡채의 모양새가 나왔다. 그리고 동태전과 동그랑땡, 표고버섯전을 차례로 부쳤다. 집에 있는 커다란 통이란 통은 죄다 꺼내 나눠 담고, 음식이 모자랄 것에 대비해 해물찜 큰 것 하나 포장 주문해서 차에 싣고 출발했다. 서른 여러 해 동안 나를 인내해준 사람들이 기다리는 집을 향해서.

엄마는 아이처럼 좋아했다. 장 보고 다듬고 씻고 데치고 볶고 간 보는 과정을 모두 아는 사람이라서 그런가? 다른 어떤 선물보다 좋아하는 눈치였다. 한참을 감동하다가 잡채를 한입 먹어보더니 나의 동의를 구한 뒤, 다른 식구들이 안 보는 사이에 얼른 간장과 설탕을 꺼내 간을 조금 더 했다. 한입 먹어보니 오, 과연! 이제야 완전한 잡채가 되었다.

아무것도 해놓지 말라고 했던 나의 말을 못 들은 건지 못 들은 척한 건지 식탁에는 배추와 숙주, 청경채, 칼국수, 얇게 썬 고기 등의 샤브샤브 재료가 한가득 올라 있었다. 그걸 보자마자 뜨거운 숨이 목구멍으로 치솟는 것을 느꼈지만 한숨을 쉬며 참았다. (짜증 내지 말자.) 거실에 커다란 테이블 두 개를 펼쳐 이어 붙이고, 어른 여덟에 아이 셋. 열한 명이 그 주변으로 둘러앉았다.

아이고, 우리 자혜가 이런 걸 다 만들어 왔네, 얘들아 이것 좀 먹어봐, 이모랑 이모부가 만든 거래,

라는 엄마의 호들갑을 말리지 않고 마음껏 누리며 밥을 먹었다. 커다란 가방 하나에 음식을 담아 들고 집으로 왔는데, 저녁식사를 마치고 돌아가려고 보니 우리 앞에 커다란 가방 두 개가 놓였다. 가방 안에는 묵은지 한 통, 그 이름의 'ㅍ'만 떠올려도 침이 고일 만큼 팍팍 익은 파김치 한 통, 아침에 착즙해 먹으라고 껍질을 벗겨 하루 말린, 채소칸에 넣어두면 두 달도 먹는다는 당근이 두 봉지, 오이 여덟 개, 손부채만큼 넓적한 케일이 다섯 묶음, 커다란 브로콜리 두 개, 사과 한 봉지, 천혜향 한 봉지가 들어 있었다. 조금 더 싸고 신선하다는 이유로 새벽같이 직판장에 가서, 동네 할머니들 사이에 줄을 서서 어느 동네에나 파는 이 채소들을 사 왔다는 말에 다시 뜨거운 숨이 목구멍으로 치솟는다. 아니 엄마, 아침부터 비가 주룩주룩 오는데 대체 왜! 라고 소리를 빽 지르려다가 참았다. (제발 짜증 내지 말자.) 잡채 남은 것은 작은 반찬통 두 개에 담겨 각각 언니와 남동생 집으로 갔다.

앞으로 보름 동안 먹고도 남을 양의 음식을 들고 집으로 돌아왔다. 비어 있던 나의 냉장고는 엄마의 낡은 타파통으로 가득 찼다. 입안에 있는 것도 꺼내 담을 기세로 반찬을 싸주는 엄마. 이제 엄마네 집 냉장고는 다시 허전해졌겠지. 다시 우리가 모이는 날까지 엄마가 농산물 직판장에 가서 줄을 서는 일은 없을 것이다. 두 노인이 사는 집의 살림은 작다.

● 오늘 배운 것: 싸준다면 군말 없이 싸 오자. 싸 왔다면 남김없이 먹자.

끼니를 말할 때 내가 떠올리는 것

〈삼시세끼 산촌편〉을 보다가 멈칫했다. 사십대 후반의 배우가 가마솥에 바글바글 끓여 만든 음식을 한 국자 떠서 동료에게 내민다. 간을 보라는 것이다. 동료가 국자 끝에 입을 대고 후루룹 하는 순간, 국자를 들고 있던 그녀는 마치 자신이 먹는 것처럼 입을 벌리는 게 아닌가. 그녀의 입술이 '아아'와 '우우'의 중간 어디쯤의 모양이 되었다.

나는 그 엉뚱한 장면에서 뭉클해졌다. 아, 저 사람 엄마구나. 누군가를 먹이는 수고를 해본 사람이구나 싶었다. "맘마."와 "냠냠."과 "옳지."를 반복하고 한 숟갈만 더 먹으라고 애원하는 시간을 겪은 사람이구나 싶었다. 하루에도 몇 번씩 어린 것들의 입에 숟가락을 넣고 함께 냠냠 씹는 시늉을 하던 사람들의 습관. 잠깐의 그 행동을 보고, 나는 배우의 진짜 얼굴을 본 것처럼 친근함을 느꼈다.

누구나 속수무책으로 먹고 싸던 시절이 있고, 그 시절을 지켜준 사람이 있다. 먹이고 등을 두드리고 배설물을 대신 처리하고 그중 어느 것이 조금이라도 평소와 다른 날엔 전전긍긍하던 사람. 집에서 끼니를 챙겨 먹는 일은 자라나는 동안 자신을 먹인 사람을 생각해보게 하는 일이다. 먹이는 자의 일상을 헤아려보는 일이다. 열심히 저녁을 만들어 한 상 차리고 마침내 식구들이 둘러앉았을 때, 엄마는 왜 자주 입맛을 잃은 표정이었는지. 뾰로통한 사춘기 딸들과 무심한 남편에게 왜 자꾸만 짜냐고 안 짜냐고 맛있냐고 맛이 없냐고 물어보았는지.

자혜야 간 좀 봐, 라는 말은 엄마의 세계로의 초대였을 텐데 나는 번번이 귀찮음을 표현했다. 콩나물 심부름을 시켰을 때, 엄마는 왜 만날 나만 시켜? 미리 사다두지 않고서 귀찮게! 소리를 지르면서 발에 신을 꿰었던 일, 입맛이 없다며 우리 먹는 걸 지켜만 보는 엄마에게 한 번 더 권하지 않았던 일, 국이 시원하다 찌개가 맛있다 오늘 고기반찬이 최고다 그 한마디 할 줄 모르고 아 귀찮아 왜 자꾸 물어봐 빽빽거렸던 일. 그런 장면들이 저 멀리서 되돌아 달려와 내 가슴을 쾅쾅 친다.

어떤 힘이 엄마를 부엌으로 이끌었을까. 해는 저물고 배고픈 입들이 있으니 어쩔 수 없었을까. 우리의 성장은 엄마에게 충분한 땔감이 되어주었을까.

삼남매 중 어떤 애는 안 먹고 어떤 애는 너무 먹으니 엄마의 마음은 자주 구겨졌다가 펼쳐졌다가 다시 구겨졌을 것이다.

J가 차린 밥을 먹으며 나는 내가 아는 최대한의 표현을 동원해 구체적으로 칭찬한다. 국이 짜지 않아 술술 넘어가네, 표고버섯이 너무 향긋하다, 오늘은 고기가 정말 쫄깃쫄깃한데? 그리고 내가 밥을 한 날에는 그의 반응을 조용히 살핀다. 무엇부터 먹는지, 표정이 어떤지. 맛있냐고 묻고 싶은 마음이 굴뚝이지만, 영화 〈남극의 셰프〉를 본 이후로는 그런 마음을 접었다.

〈남극의 셰프〉에는 좀 독특한 아내가 등장한다. 그녀의 남편은 이 영화의 주인공으로, 남극으로 떠나는 연구팀의 세끼 식사를 책임지는 임무를 맡은 요리사다. 남극으로 떠나기 전, 집에서 아내가 만든 닭튀김을 한입 베어 문 남편이 묻는다. "이거 어떻게 튀긴 거야? 왜 이리 눅눅해?" 그러자 아내가 답한다. "난들 알아? 싫으면 먹지 마." 남편은 투정에 이어 가르침을 시전하고 "180도에 두 번 튀겨야 바삭한데. 이거 소화 안 될 것 같아." 아내는 단호하게 일갈한다. "그럼 위를 단련하든가!"

캬아! 그 당당함에 나는 할 말을 잃었다. 뻔뻔한 초보 요리사 앞에서 당황하던 그는 훗날 남극에서 동료들이 만들어준 눅눅한 닭튀김을 먹으며 엉엉 운다. 아이처럼 울며, 이거 먹으면 체할 것 같다고 투덜댄다. 아내가 그리워서였다.

으스대지도 의기소침하지도 않기 위해 내가 지켜야 할 두 가지 원칙을 세웠다. 음식 사진을 SNS에 업로드하지 않는 것. 자랑하고 칭찬받고 싶지만 참는다. (참지 못한 날엔 가끔 올린다.) 또 하나의 원칙은 내가 차린 밥을 먹을 때 J에게 맛있냐고 묻지 않는 것이다. 맛있는 날도 가끔 있을 것이고 대체로 그럭저럭일 테고 맛없는 날도 많겠지만, 나는 맛있게 먹을 것이다. 스스로 맛있다 너무 맛있다 요란을 떨며 먹을 것이다.

● 오늘 배운 것: 구구절절 생색을 내자. 우쭐거리자.

에필로그

이것이 나의 레시피

우리 세대의 엄마들은 딸들에게 적극적으로 부엌일을 가르치지 않았다. 엄마들은 생각했던 것 같다. 나와는 다르게 살겠지. 고등교육을 받은 딸들은 엄마를 보며 생각했을 것이다. 엄마와는 다르게 살거야. 그 일이, 평생을 바쳐 헌신한 부엌일이 얼마나 지루하고 끝없는 일인지 알기 때문이다. 합당한 보상이나 지위를 선사하지 않는 일이라는 걸 너무나도 알아버렸기 때문이다.

"너는 공부나 열심히 해."라는 엄마의 말 뒤에 가끔 "때 되면 다 할 줄 알게 돼."라는 말이 따라붙기도 했는데, 당신의 세상보다 나은 세상이 올 거라는 희망을 가지는 것과 동시에 당신의 딸 역시 부엌일에서 영영 해방될 순 없을 거라고 희미하게 예견했던 것 같기도 하다.

"역시 집밥이 최고야!"라는 외침 뒤의 그림자를 생각한다. 집밥에 대한 환상, 모든 집밥이 맛있다는 신화적인 믿음. 나는 그런 게 불편했다. 엄마들 중에서 좋아서 요리한 사람은 얼마나 될까. 선택할 수 있는 다른 길이 없었다. 그들은 매일 반복적으로 식구들의 배를 채워줘야 했다. 대가는커녕 고맙다는 인사도 흔치 않은 고강도의 노동. 그 노동의 그림자 때문에 나는 집밥에 관해 말하는 것이 망설여진다.

지난 5년 동안 다양한 음식을 만드는 데 도전했다. '그리하여 그녀는 꽤 괜찮은 늦깎이 요리사가 되었습니다.'라는 결론이라면 좋겠지만, 내가 전할 수 있는 소식은 그동안 나 때문에 수많은 식재료들이 불명예스럽게 사망했다는 사실 정도다. 그래도 그 과정에서 많은 일을 겪었다. 오징어와 주꾸미의 내장을 손질해봤고, 닭을 발골했고, 매생이와 생굴을 만져봤다. 지지는 것과 끓이는 것의 차이를, 바락바락과 조물조물의 차이를, 잘 구워진 갈색과 타버린 까만색의 차이를, 그 경계를 알게 됐다. 무엇보다 기쁜 건 스스로 음식을 만들어 먹을 줄 아는 사람이 되었다는 것이다. 요리하기로 결심하기 전과 후의 삶은 분명 달라졌다.

무엇을 먹든 두 가지를 생각한다. 단백질과 탄수화물의 비율이 적당한지, 조리하지 않은 싱싱한 채소를 얼마나 먹었는지. 허기는 늘 다급하게 몰려오고, 나는 식사를 만들까 배달을 시킬까 아니면 나가서 사 먹을까 하는 갈등을 반복한다. 매 끼니 만들어 먹을 순 없을 것이다. 그러고 싶지도 않고. 다만 나는 기회가 될 때마다 맛있고 영양가 높은 음식을 단순하게 조리하고 싶고, 그 종목을 조금씩 늘려가고 싶다. J가 어느 날 난감한 얼굴로, 오래 참았지만 이제는 말할 수밖에 없겠다는 표정으로 "아무래도 요리는 좀 더 잘하는 사람이 하는 게 좋지 않을까? 앞으로 부엌은 내가 맡을게."라며 나를 주방에서 내쫓지만 않는다면 말이다.

여전히 새로운 음식을 만들 땐 덜컥 겁부터 난다. 하지만 나는 나의 시간과 에너지를 사용할 일이 도처에 널려 있어도 식사를 중요하게 여기기로 결심했다. 매일 반복될 그 다짐은 내가 사랑하는 사람을 위해, 그리고 나 자신을 위해 내가 할 수 있는 가장 진한 색의 사랑 표현일 것이다.

● 오늘 배운 것: 무수히 실패하자. 그리고 다시 시도하자.

015 **식탁 독립**

부엌의 탄생

1판 1쇄 찍음 2022년 1월 7일   지은이 김자혜
1판 1쇄 펴냄 2022년 1월 14일

편집 김지향 김수연 정예슬
교정교열 안강휘
디자인 박연미
일러스트 가애
미술 이미화 김낙훈 한나은
마케팅 정대용 허진호 김채훈 홍수현 이지원 이지혜
홍보 이시윤 박그림
제작 임지헌 김한수 임수아 권혁진
관리 박경희 김도희 김지현

펴낸이 박상준
펴낸곳 세미콜론
출판등록 1997. 3. 24. (제16-1444호)
06027 서울특별시 강남구 도산대로1길 62
대표전화 515-2000
팩시밀리 515-2007
편집부 517-4263
팩시밀리 515-2329

ISBN
979-11-92107-42-4 03810

세미콜론은 민음사 출판그룹의
만화·예술·라이프스타일 브랜드입니다.
www.semicolon.co.kr

트위터 semicolon_books
인스타그램 semicolon.books
페이스북 SemicolonBooks
유튜브 세미콜론TV